Das Maul weit geöffnet

Franco Samsa

Herstellung und Verlag: BoD – Books on Demand,
Norderstedt
ISBN: 9783757861650

1. Gott gab sich die Kugel

Äußerst überraschend, wie ich finde, doch für die meisten müsste dies wohl eine ernüchternde Information sein. Schließlich hatte ihn der Großteil seiner Mitmenschen nicht sonderlich positiv in Erinnerung. So war er nun mal, nicht gut im Gedächtnis zu behalten. Dennoch, man kann sagen, was man will, alle Tage passierte so was nicht.

Jedenfalls gab Gott sich jetzt die Kugel. Ein billiges Zimmer in einem noch billigeren Hotel gemietet und sich das Hirn weggeblasen, ohne auch nur eine Sekunde die Patrone im Gaumen zergehen zu lassen. Aber nun ja, wie könnte man es ihm in solch einem Moment auch verübeln? Grade, wenn es den meisten, wie bereits erwähnt, egal sein müsste. Solange er sich nicht wieder in Schlägereien verwickelt oder sonstige Scherereien beabsichtigt, kann es ja nur erträglicher sein. Selbst wenn es heißt, dass er 1,80 m unter der Erde liegt.

Gott gab sich also die Kugel, die Überraschung ist groß. Hatte er nicht Träume? Gewicht, welches ihn tagtäglich aufstehen ließ, um dies zu tun, wonach ihm war? Oder habe ich es mir nur eingebildet. Ja, einfach falsch wahrgenommen? Nein, er wirkte nicht so, da bin ich mir sicher.

Jetzt war er dennoch weg, das Verarbeiten ist schwer. Körper ist taub, es gleicht einem Traum. Aber es ist ja noch frisch, wie könnte man es mir auch sonst verübeln? Erfahren habe ich es aus zweiter Hand. Ein Gespräch, um genau zu sein, was mir zu Ohren kam: „Hast du das schon von diesem Verrückten gehört? Dieser irre Quacksalber, der hier sein Unwesen getrieben hat. Soll sich vor 2 Tagen weggemacht haben. Anscheinend erschossen, weißte? Sich ein billiges Zimmer in einem noch billigeren Hotel gemietet und das Hirn weggeblasen, ohne auch nur..."

Und so weiter und so fort. 3 Tage ist es her, als ich davon erfuhr, doch es dauerte etwas, bis ich es wirklich realisierte. Die Nachricht, dass Gott sich umbrachte, gewann natürlich ziemlich schnell an Reichweite, zumindest auf lokaler Ebene. Parallel dazu entstanden wie aus dem Nichts unzählige Gerüchte. Wahrscheinlich aus dem Affekt, dass die Nachrichten dazu sich äußerst schwammig hielten, bis es dann letztlich in der Zeitung stand. Später als man erwartet hätte, aber so viel dazu. Davon abgesehen jedoch hört sich ein Kopfschuss so oder so am plausibelsten an. Es passte zu ihm, zumindest hat er das einmal sogar lauthals von sich gegeben. Ich habe ihm geglaubt, aber es wirklich ernst genommen? Er wirkte einfach nicht so.

Vielen ist es folglich bekannt, egal um welche Wahrheit es sich handelt. Aber wirklich scheren tut es keinem, beziehungsweise bin ich mit anderen dazu noch nicht in Kontakt gekommen. Warum hat er es also getan? Was brachte ihn dazu? Ja, war es vielleicht sogar vermeidlich? Die Antwort bleibt aus, sie ist ja bekannt. Oder nicht? Zumindest kann ich es mir denken...

Würde er jetzt hier stehen, so aufrecht und lebendig, käme mit hoher Wahrscheinlichkeit nur eine Aussage infrage, mit der er seine Taten begründen würde: Ihm war einfach danach.

2. Die Neue Deutsche Welle

Oder auch der Höhepunkt der humanen Natur, wie Gott es definiert hätte. Zu Recht, würde er meinen, anders würde er es ja sonst nicht behaupten. Drum kann es also auch nicht widersprochen werden, was schlussendlich also heißen muss, dass die Deutsche Welle den lang ersehnten Orgasmus darstellte, auf den Mensch und Natur so hart hingearbeitet haben. Gut, Natur ist dann doch etwas übertrieben, aber Mensch reicht ja vollkommen aus. Ein Dilemma, wie sich im Nachhinein herausstellen sollte, schließlich brachte es der Natur ja nichts. Sie bekam Gott und Gaben, doch machte nicht mal Anstalten, auch nur ein verständliches Wort daraus zu filtern. Vielleicht hätte die Musik einfach lauter aufgedreht werden müssen, wie er sich dann mit solch einer Art von Begründung ins Wort fallen würde. So laut, dass selbst der größte Vogel sich nicht getraut hätte, auch nur einen Fuß auf Muttererde zu setzen. Aber das wäre ja natürlich Schwachsinn, wer würde so etwas denn wollen?

„Also ich ganz bestimmt nicht", das hätte er gesagt. Sich eine Kippe aus seinen Haaren gezogen und ohne sie anzumachen fortgesetzt: „Brauch ich halt nicht, ist deren Verlust. Tut weh, das kann ich nicht leugnen, gerade wenn es genauso deren Verdienst ist wie unserer. Doch wer bin ich, der denen klarmacht, was sie hier verpasst haben? Wieso sollte ich so eine Bürde auf mich nehmen, vor allem wenn ich doch wichtigere Träume habe, hä?"

Grade, wenn er doch wichtigere Träume besaß, aber na ja, so viel dazu. Gott mochte jedenfalls die Neue Deutsche Welle. So sehr, dass es für ihn beinahe nicht infrage kam, freiwillig andere Musik zu hören. Es würde einfach nicht seiner Empfindung entsprechen, seiner Natur. Und diese muss ja natürlich bewahrt werden, das ist klar. So war also aus der Jukebox im „Glück Auf" beinahe nur eine Musikrichtung zu vernehmen. Als wäre sie darauf getrimmt Hubert Kah und was nicht alles preiszugeben, einzig und allein, weil ihr einfach danach war. Stunde für Stunde, was beachtlich ist, wenn man bedenkt, wie marode sie schon ist. Hat die besten Jahre nun mal hinter sich, doch ihre Anwesenheit wurde nach wie vor geschätzt. Von Gott zumindest auf jeden Fall, der ließ ja mehr als genug Geld dort hineinfließen. Damit auch jeder Anwesende in den Genuss der beinah vergessenden Zeit kam. „Glück Auf" ist der Name der Kneipe, in der sich besagte Szenarien mehr als oft abgespielt haben. Vor ihr stehe ich also jetzt mit einem Ohr lauschend, um von außen die Musik wahrzunehmen, die nicht vorhanden ist. Bedrückend wie ich finde, es war recht selbstverständlich. Doch nützen tut es nichts, die Zeit scheint vorbei. Tür wird geöffnet, Diele betreten. Schaue mich um und setze mich hin.

3. Euster ist ein Moslem

Will heißen, dass er nicht trinkt. Umso eigenartiger also, dass ihm eine Kneipe gehört, aber wer bin ich, der dies hinterfragen würde? Im Endeffekt geht es ja nur ums Geschäft und solange er über die Runden kommt, ist es ihm wohl gleich, womit er sein Geld verdient. Ansonsten würde er ja hier nicht stehen.

Gesprächig ist er nicht, wirkt beinahe stumm. Steht hinter der Theke und schenkt das Bier aus, so als wäre es das Normalste auf der Welt. Was es natürlich auch ist.

Jedenfalls ist Euster nicht gesprächig. Fragen kann man fragen, Antworten jedoch, bleiben äußerst knapp. So ist er nun mal, niemand scheint es zu stören. Allgemein ist im „Glück Auf" von einem nicht lebhaften Klientel auszugehen, was in Bezug auf den Namen der Kneipe doch widersprüchlich wirken kann. Müde Geschöpfe, die sich nach Gesellschaft sehnen, jedoch nicht die Mühe aufnehmen, sich in Gespräche zu verheddern. Wenn da nicht Gott gewesen wäre. Dieser hatte es als Aufgabe gesehen, der trostlosen Atmosphäre ein Lächeln zu schenken. Oder eher irgendeine Reaktion hervorzulocken, es gab schon einen Grund, wieso er nicht sonderlich beliebt war. Aber na ja, er war nun mal da. Trank Euster`s Gaben und zelebrierte sein Dasein, als wäre es das Normalste auf der Welt. Was im Grunde genommen natürlich auch stimmte.

Seinen richtigen Namen, den kannte keiner, es gab höchstens nur Vermutungen. Falls überhaupt jemand den Aufwand betrieben hat, darüber nachzudenken. Euster gehörte zu denjenigen, zumindest war es Gott nicht erlaubt, sich im „Glück Auf" so zu nennen.

„Eine Sache des Respekts", wie Euster zu sagen pflegte, denn diese Thematik wurde schon mehrmals verdaut. Hochgewürgt und durchgekaut, nur um letztlich denselben und selben Brei zu erhalten. Denn Gott hielt sich natürlich nicht daran. Es wäre doch eine Sache des Respekts, wie er des Öfteren von sich gab, nur um Euster`s Worte mit Belustigung zu verdrehen. Wirklich witzig fand es nur einer, aber der gab sich ja die Kugel. Im Grunde genommen spielten auch nur wenige seine Spielchen mit und nannten ihn so. Warum sollte man auch, er war doch nur ein Spinner. Verbrachte seine Freizeit in einer trübseligen Kneipe und will sich hier als sonst wen profilieren, ja klar, du mich auch. So ähnlich mussten es die meisten wohl gedacht haben. Gab keinen einzigen vernünftigen Satz von sich, aber will Hauptsache Personenkult betreiben. Falls er überhaupt so weit gedacht hat, sein Gedankenlauf bleibt ein Rätsel. Selbst für mich, aber man sollte sich daran wirklich nicht aufhängen. Es würde zu nichts führen.

„Euster", frage ich jetzt jedenfalls, „hast du es auch schon gehört?"

Groß und schmal, Vollbart und Hakennase, es gleicht einem Klischee. Putzt seine Gläser und lässt sich Zeit beim Antworten: „Er hat mir noch Geld geschuldet."

Einige Sekunden vergehen, bis ich merke, dass mehr nicht kommt. Was habe ich auch erwartet?

„Mach mir bitte eins."

4. Die Musik war echt am Arsch

Nein, sie war ja gar nicht an. Habe ich mich etwa ablenken lassen? Ich schaue mich um.

„Vorübergehend außer Betrieb", wie mir das Schild weismachen will, aber wer`s glaubt, wird selig. Bevor dieses Ding auch nur wieder einen Hauch an Leben zu verspüren mag, werde ich Gott schon Gesellschaft leisten. Nehme ich an, wer bin ich, der dies abstreiten würde? Aber nun gut, davon abgesehen wirkt es heute trister als sonst. Wenig besucht, was an einem Mittwoch nicht allzu verwunderlich ist. Automaten sind am Singen, Qualm ist am Verdunsten. Zigaretten geküsst und Gläser genippt. Fremde, Gesichter und natürlich Euster, der wie gewohnt das Bier am Verteilen ist. Beinahe, als wäre alles normal, was es streng genommen ja auch ist. Oder nicht? Ich beginne zu gähnen.

Bin ich etwa gelangweilt? Ernüchtert durch das bisschen Bier? Nur langsam genehmige ich mir einen Schluck. Wer hätte gedacht, dass die Atmosphäre sich so dramatisch ändern kann, wenn im Hintergrund kein Peter Schilling zu hören ist? Sind mir Nena und Trio etwa schon so sehr ans Herz gewachsen, dass ich sie als selbstverständlich erachtet habe? Ja, pochen meine Ohren beinahe darauf hin, Extrabreit und Fehlfarben in der Luft zu vernehmen? Oder bilde ich es mir jetzt nur noch ein? Liegt mir das Bier schon so sehr im Magen? Nein, das ist ja das erste Glas! Oder doch schon mein zweites? Gedanken sind am Grübeln, wirken nahezu nackt. Laut und energisch, als wären sie von einer Flut an Selbstbewusstsein überrollt worden, mit dem einzigen Bedürfnis in meiner Kehle zu zünden. Ich mache mir eine Zigarette an.

Gott war konsequent beim Nichtrauchen, das musste man ihm lassen. Von dem einen auf den anderen Tag damit aufgehört, weil ihm einfach danach war. Gut, das stimmte nicht ganz, es gab wohl doch einen Grund: Sie würden ihn nur noch mehr benebeln. Zumindest hat er das von sich gegeben, nachdem er für einige Minuten missbilligend auf seine letzte Kippe gestarrt hatte. Einen abschließenden Zug entnommen und diese, warum auch immer, auf dem Rücken seiner Hand ausgedrückt. Ich fragte, was das sollte, Gott sagte nichts. Löschte seinen Durst mit einem weiteren Bier und fütterte die marode Jukebox mit seinem restlichen Kleingeld. Dann ging er heim, der Abend war nicht wirklich spannend. Ebenso wie dieser, aber die Gegebenheiten sind wohl etwas anders. Oder nicht? Ich fange an zu husten.

Schwer liegt der Qualm in meiner Brust, beinahe als hätte ich mich verschluckt. Dennoch rauche ich weiter, die Kehle beruhigt sich wieder. Kippe fast aufgebraucht, Zug für Zug, bis ihre Überreste im bereits vollen Aschenbecher weiter vegetieren werden, damit sie irgendwann das Licht der Welt erblicken. Oder was auch immer mit denen passiert. Gott meinte zumindest immer, dass deren Reise jetzt erst beginnt. Wer weiß, welche Ecken der Welt sie erblicken werden? Mehr als die meisten, das ist ja wohl klar. Und sollten sie für den Rest ihres Lebens doch nur die Wände dieser Kneipe zu Gesicht bekommen, dann ist es wohl einfach so.

5. Sein Lieblingslied war „Da Da Da"

Dementsprechend war es auch oft zu hören. Dieser stumpfe Text zu solch einer eigenartigen Melodie. Von all den Liedern, die aufkamen, war dies wohl am gewöhnungs-bedürftigsten, doch natürlich habe ich es niemals ausgesprochen. Aber so viel dazu, Trio hat´s ihm eben angetan. Die Deutsche Welle allgemein natürlich, doch hat er bisher nur von einem wahren Favoriten gesprochen. Was hatte es also damit auf sich? Hatte er es begründet? Oder habe ich es mir vielleicht auch nur eingebildet? Oder eben nicht eingebildet? Nein, das macht keinen Sinn, ich genehmige mir einen Schluck. Der Abend ist ruhig, das erwähnte ich ja. So verhalten und still, als wäre es ihm egal, was mit ihm geschieht. Soll er doch ruhig abgelöst werden, was schert es ihn schon? Morgen ist ein neuer Tag. Ein neues Datum, in dem man sich suhlen kann, ohne sich Gedanken drüber zu machen, wie erdrückend gestern wirkte. So zäh und belanglos, es spiegelt sich im Abend wider. Dieser wiederum ist ja heute, so sollte man vielleicht nicht allzu sehr darauf rumreiten. Nicht, wenn morgen erst morgen ist und gestern dann vergessen scheint. Doch was spricht dafür, dass es anders aussehen wird? Wovon ist es abhängig, lediglich von mir selbst? Oder überwiegen die Umstände, die mich verleiten, hier zu sitzen? Nein, letztlich ist es ja von mir abhängig. Oder nicht?

Ein weiterer Schluck, das Bier wird weniger. Dann schau ich mich um, wie schon so oft und bemerke, dass bekanntere Gesichter zu sehen sind. Nicht, dass es wirklich eine Rolle spielt, doch jetzt sind sie nun mal da. Falte und Roy, so heißen die Geschöpfe. Normalerweise mit Sigmund, doch scheint er heute nicht dabei zu sein. Ich nicke zu ihnen rüber, sie tun dem gleich. Wahrscheinlich haben sie es schon gehört, wieso also Wörter verschwenden, wenn ich mir deren Antwort denken kann. Doch kann ich es mir denken, frage ich mich. Oder gleicht es einer weiteren Einbildung? Schließlich habe ich ja nicht viel mit denen zu tun. Wäre es also voreingenommen? Was hätte Gott dazu gesagt? Nein, ich sollte nicht bei ihm nach Antworten suchen, nicht wenn er nicht mehr verfügbar ist. Gut, das hörte sich jetzt doch etwas perfide an, so wollt ich das nicht meinen. Und jetzt?

Mein Blick bleibt bei Falte und Roy. Sie sind meistens hier, doch haben wir wie gesagt nie wirklich einen regen Austausch miteinander genossen. Worüber sollte man auch reden? Über den Alltag? Wie zäh er doch wirkt, nach all diesen Jahren? Es ist uns doch allen bewusst, wieso also darauf noch unnötig eingehen.

„Das ist die falsche Einstellung", hätte Gott nun zu sagen gepflegt, „eine Einstellung, die du eigentlich nicht vertreten solltest Martin! Immerhin musst du dich doch täglich mit Kunden auseinandersetzen!"

Meine Gedanken widersprechen, das ist ja was anderes. Kunden sind Kunden. Keine Gefolgschaft, mit der man aus Zufall seinen Abend verbringt.

„Also geht es dir nur um einen Mehrwert, den du aus Menschen ziehen kannst?"

Erneut erhebe ich Einspruch, doch kann es nicht begründen. Werde ich hier etwa in die Ecke gedrängt? In meinem eigenen Kopf? Ich versuche mich abzulenken, doch Gott ist es gleich: „Sollte es mangeln an all diesen Themen, dann denk dir was aus. Fichten sind öde, fang damit doch an. Erzähle von Wolken, wie schwer sie doch sind. Mal dir was aus, wem schadet das schon?"

Ich stehe nun auf, beweg mich zur Theke. Verschwinden soll er, ich will nicht an ihn denken. Doch womit könnte ich mir die Zeit vertreiben? Was wäre so überwiegend, dass mir seine Abwesenheit entfällt? Die Antwort liegt in meiner Hand, kühl und gezapft. Nein, das ist auch nicht die Lösung, es nützt alles nicht. Vielleicht eine Zigarette, doch ich hatte erst eine. Schweigen. Dann setz ich mich wieder hin. Schaue mich um, wie schon so oft und versuche mich auf andere Gedanken zu bringen.

6. Lass es mal wie Honig wachsen

Was auch immer das heißen soll. Natürlich, zwischen den Zeilen wird man schon seine Bedeutung finden, aber letztendlich war es wohl den Situationen zu verdanken, wieso der Kontext etwas fehl am Platz wirkte:

„Und wer bezahlt mir jetzt den Schaden?!"

„Lass es mal wie Honig wachsen."

„Was soll das heißen, es ist abhandengekommen?"

„Lass es doch mal wie Honig wachsen."

„Mit oder ohne Zucker?"

„Lass es mal wie..."

Und so weiter und so fort. Hinterfragen taten es die meisten, mich anfangs eingeschlossen. Doch spätestens als seine Begründungen zu dieser Antwort an Kreativität zunahmen, war es mir gleich. Eben wie Honig wachsen lassen, wenn der Umstand es so wollte. Und dieser war gierig, wie Gott behauptete. Warum denke ich also darüber nach? Wieso nehme ich mir die Zeit, hinter diesem Satz zwischen den Zeilen lesen zu wollen? Ist es der Langeweile zu verdanken? Der fehlenden Präsenz von Gott?

Stumm schaue ich auf mein Bier. Schwenke es umher und lasse etwas davon in meinen Magen verschwinden. Zäh fühlt es sich an, kaum runterzubekommen. Beinahe, als wäre es nicht dazu gedacht, pur aus einem Glas zu trinken. Er hätte bestimmt darüber gelacht, da bin ich mir sicher.

Vielleicht ist es auch dem Ambiente zu verschulden. Wie viele Abende mit ihm schon hier verbracht wurden. Wie viele Gläser durch ihn zu Bruch gingen. Wie oft dieselbe Bemerkung gefällt wurde, wenn Euster fragte, wer für den Schaden aufkommen soll. Dasselbe Spiel am selben Tag oder auch an einem anderen. Trotzdem wurde er fast nie rausgeschmissen. Höchstens, wenn er das Fass wirklich zum Überlaufen gebracht hat. Und dennoch wirkt er vergessen...

Wortlos starre ich die restliche Flüssigkeit in meinem Glas an. Schwenke es umher und kippe den letzten Inhalt in mich hinein. Langsam geht es runter, es schmeckt beinahe süß. Zu süß für solch einen Abend. Bisher kam Gott`s Abwesenheit gar nicht zur Geltung. In diesen Wänden versteht sich, was den Umständen entsprechend doch verwunderlich ist. Schließlich sind doch schon so viele Gläser durch ihn zu Bruch gegangen. Scherben, die den Boden verzierten, ausgelöst durch welchen Grund auch immer. Mal eine Auseinandersetzung, mal eine... Wenn ich genauer darüber nachdenke, war es wohl immer eine Auseinandersetzung, die Anzahl an Beteiligten variierte nur von Zeit zu Zeit. Meistens jedoch war es sein eigenes hitziges Gemüt zu verdanken. Dass er bisher nur wenige Male Hausverbot hatte, es gleicht einem Wunder. Wahrscheinlich, weil er nach wie vor Euster`s bester Kunde blieb. Ob Euster davon jedoch wirklich begeistert war, ist eine weitere Frage, die in den Raum geworfen werden könnte. Aber na ja, das Geld floss buchstäblich aus dem Zapfhahn.

Jetzt stehe ich also auf, bezahle meinen Sold und verlasse schweigend die Stube. Trotte nachhause und lese zwischen den Zeilen.

7. Bücher sind wie Tiere

Das meiste von denen wird mit der Zeit wohl ausgestorben sein. Und das nur durch eine Hand, wie Vater sagen würde. Wenn auch indirekt, aber es ist ja wohl klar, was damit gemeint ist. Schritt für Schritt, langsam aber sicher, bis Blatt und Natur einer Randerscheinung gleichen. Die Leben, die damit einhergehen, tja, die sind den meisten recht egal. Zumindest würde es mich wundern, großartige Unterstützung zu erfahren, wenn dieser Tag wirklich mal eintreten sollte. Aber nun gut von dieser Tatsache abgesehen liebe ich meinen Beruf. Natürlich, stetig sind immer weniger Kunden zu verzeichnen, doch sollte dies wirklich der Grund sein, nicht mehr heiter den Alltag zu begegnen? Wohl kaum.

So füllt es mein Herz also wie auch am ersten Tag mit Freude, wenn das Ächzen der Eingangstür zu vernehmen ist. Und solange potenzielle Käufer meinen Laden betreten, scheint alles andere beinahe vergessen. Das Aussterben meiner Berufung, die Scheidung meiner Frau und die Abstinenz von Gott. Dass er überhaupt hierbei eine erwähnenswerte Rolle spielt, muss wohl einfach daran liegen, dass die Wunde noch frisch ist. Tänzelt in meinem Schädel umher, als wäre ihm entfallen, dass er unter der Erde liegen müsste.

Aber ja, meine Frau hat mich verlassen. Sie müsste sich neu finden, sagte sie. Dieser Eintönigkeit entfliehen, die ich ihr aufgezwungen habe. 3 Tage später habe ich dann erfahren, dass ich einfach nicht so gut ficken kann wie irgendein Kubaner von nebenan. Was war nochmal sein Name? Pedro? David?

„Spielt doch keine Rolle!", das hat Gott gesagt, als ich ihn kennenlernte: „Frauen sind Frauen. Wundervolle Geschöpfe, die ihren zustehenden Platz auf dieser Erde besitzen sollten! Selten sind sie, kaum noch vorhanden in dieser ruchlosen Welt."

Gott zog an seiner Zigarette, die zu der Zeit noch an war, dann setzte er fort: „Aber Fotzen! Jaha, die sind an jedem Fleckchen Erde zu finden, wo auch nur ein Hauch an Menschlichkeit vorhanden ist. Egal welche Hautfarbe, männlich oder weiblich, Fotzen wirst du überall finden! Und sag mir, willst du wirklich auch nur eine Träne für solch einen Schwachsinn aufbringen?"

Ich sagte, wir waren fast 10 Jahre verheiratet, Gott erwiderte, ich solle drauf scheißen. Ich sagte nichts, Gott fuhr fort: „Versteh mich nicht falsch, natürlich ist es mehr als sinnvoll, seinen Gefühlen freien Lauf zu lassen. Wo würden wir denn hinkommen, wenn dem nicht so wäre! Doch egal, ob es nun Wut ist, Trauer, Kummer, scheiße verdammt sogar Freude! Niemals darfst du vergessen, wem diese Emotionen gewidmet sind. Und irgendwann, vielleicht nicht heute, vielleicht nicht morgen, wird dich die Einsicht überkommen, dass es einfach nicht wert ist. Hört sich logisch an, oder?"

Ich habe genickt, Gott war am Lachen. Unsere erste Begegnung, die sich aus Zufall im „Glück Auf" ergab. Einzig allein aus dem Grund, weil mich meine damals geschundenen Gefühle in die Nacht getrieben haben. Wie sich später herausstellte, war dies ebenfalls Gott`s erster Abend in besagter Kneipe. Ironisch wie ich finde, doch was heißt das schon?

8. Lachen hilft, wenn du am Weinen bist

Du musst es nur äußerst exzessiv betreiben. Krampfhaft und laut, bis sich das schallende Gelächter authentisch anfühlt. So authentisch, dass dir die Tränen im Gesicht gar nicht mehr auffallen. Und fallen sie dir nicht mehr auf, musst du einfach nur noch mehr lachen.

Diesen Ratschlag hat mir Gott vor circa 12 Monaten ans Herz gelegt, als unser erster gemeinsamer Abend sich dem Ende neigte. Meine Frau hat mich verlassen, das erwähnte ich ja. Papiere gezückt sowie Koffer gepackt und ohne sich gescheit zu verabschieden, mit dem Kubaner durchgebrannt. Gott fand es witzig, ja recht amüsant. Ich eher weniger. Und dennoch, als wäre es Schicksal, haben mich meine Füße seitdem wöchentlich ins „Glück Auf" befördert. Auch er zeigte sich oft, manchmal natürlich nicht. Er müsste seinen Träumen nachgehen, das sagte er immer, wenn ich ihn für längere Zeit nicht zu Gesicht bekam. Träume, die bewältigt werden müssen, bevor ihn das Zeitliche segnen kann.

Ich fragte, ob er krank sei, er erwiderte, vielleicht. Ich fragte nach seinen Träumen, er sprach nur von Herakles. Eigenartig, wie ich fand, doch im Laufe der Zeit wurde ja, wie bereits erwähnt, schon klar, dass er nur das von sich gab, was ihm auf der Zunge lag. Fragen flossen ins Leere, Antworten jedoch gab es mehr als genug. Diese waren zwar kaum von Bedeutung, dennoch Grund genug, seine Anwesenheit aufzusuchen. Eigenartig, wie ich fand, doch das sagte ich ja bereits. So wurde ich also recht schnell zu einem Stammkunden. Natürlich, man hätte sich bessere Lokale aussuchen können, doch es ließ sich nicht abstreiten, dass das „Glück Auf" meine Gemütslage tadellos auf den Punkt gebracht hat. Der Einzige, der in dieser

Spelunke im Endeffekt nicht reinpasste, war Gott selbst, denn dafür wirkte er einfach zu munter. Ja beinahe, als würde er sich an den ganzen kümmerlichen Gestalten, die dort ihren Abend verbrachten, ergötzen. Der Lebenssaft, der seiner lebensfrohen Einstellung Antrieb verlieh. Auch wenn lebensfroh vielleicht nicht ganz so zutreffend ist.

Auf jeden Fall habe ich während unserer dritten Zusammenkunft nach seinem Namen gefragt. Die Antwort ist mittlerweile wohl jedem bewusst. Egal wie oft diese Frage in den Raum geworfen wurde, die Reaktion darauf blieb im Wesentlichen gleich: Gott ist Gott, selbst wenn er es nicht ist. Unverdrossen und hämisch, mit dem einzigen Bedürfnis, das bisschen Regung aus den Menschen zu holen, die beinahe vergessen hatten, dass sie überhaupt lebten. Und sollten sie den Groll verspüren, ihm Einhalt zu bieten, endete es meistens in einer Prügelei. Dies war auch der Grund, wieso Gott in erster Linie Hausverbot bekam, doch natürlich war es ihm egal. Will heißen, dass er aber kam, ganz gleich ob Euster ihn bediente oder nicht.

9. Keine Wolke zu sehen

Wie lange dies schon her ist. Sie waren nun mal da, so zweifelsfrei und selbstverständlich. Gang und gäbe will man meinen, weshalb es doch verwunderlich ist, nach all dieser Zeit von diesen Strahlen so geblendet zu werden. Doch ist es wirklich so lange her? Vermutlich ist es mir einfach nicht bewusst gewesen, ich habe ja nicht darauf geachtet. Zumindest ist es mir nicht aufgefallen, aber nun ja, jetzt steh ich halt hier. Vor meinem Laden, wie schon so oft. Die Zigaretten am Rauchen, als gehöre es dazu, was irgendwie auch zutrifft, sonst würde ich ja nicht hier stehen. Ich beginne zu husten, beruhige mich dann wieder und ziehe weiter. So viel dazu, doch was sagt das schon aus? Dass ich rauche, von mir aus, aber sonst? Vermutlich, dass ich zu viel rauche, aber wer tut das bitte nicht, der einmal in den Genuss gekommen ist? Abgesehen von Gott, ihm war nicht mehr danach, aber das erwähnte ich ja schon. Ich ziehe erneut. Dann nochmal. Schaue nach oben und blase ihn aus, diesen fraglichen Qualm. Wann habe ich nochmal angefangen? Es ist schon so lange her. Zu lange, um sich darüber Gedanken zu machen. Eher sollte mich die Frage beschäftigen, wann mir nicht mehr danach ist, aber dafür ist nicht viel Platz vorhanden. Nicht wenn es so fraglos erscheint, so zweifelsfrei und selbstverständlich. Schon wieder muss ich husten, was ist das alles ironisch. Dann mache ich sie aus, es wurde jetzt auch Zeit und schnipse sie gegen den Mülleimer an meinem Laden. Treffe daneben, doch lasse sie liegen. Vater würde tadeln, Gott wär es gleich. Dann geh ich wieder rein und schaue mich um in meinem kleinen Schloss. Die Regale gerichtet, es ist so viel Wissen. Zu viel auf einmal, ich verliere schnell den Überblick. Reiß mich wieder zusammen und merke, dass ich etwas entmutigt wirke. Vermutlich wegen Gott, er gab sich ja die Kugel, doch sind meine Gedanken heute einfach nicht am richtigen Platz. So abgehackt und unverständlich, sie müssen sich neu finden. Dann nochmal und wieder und wieder, bis sie vergessen, was sie eigentlich wollen. Liegt es an Gott? Oder einfach am Wetter? Nein, heute ist es schön, wieso sollte mich dies so negativ beeinflussen? Es muss wohl einfach einer dieser Tage sein. Einer dieser Tage, die nur mit einer Mütze Schlaf bewältigt werden kann, auch wenn es dafür wiederum viel zu früh ist. Zudem bin ich nicht müde, also muss besagter Tag wohl überstanden werden, wie es sich nun mal für all diese besagten Tage gehört. Regale gerichtet, allesamt stumm. Was sind sie so still, als

wären sie wortkarg, doch das ist ja natürlich Schwachsinn.
Wieso hebe ich also meine Arme? Warum diese Gestik, als
würde ich was erwarten? Ihr besitzt doch so viele Wörter,
wo bleiben sie also, wenn ich mich danach sehne?

Stille, ich merke, wie absurd ich bin, wie ich mich verhalte.
Ist es endlich vorbei mit mir? Habe ich die Schwelle der
Vernunft jetzt hinter mir gelassen? Nein, ich schüttle meinen
Kopf. Ja, mir ist wohl einfach langweilig. Er ist so bieder,
dieser verdammte Tag. Lässt mich in Erinnerung schwelgen
und die Wirklichkeit verachten, als würde es sich so
gehören. Ich schaue aus dem Fenster, sehe mein feines
Spiegelbild, welches sich zu verstecken scheint. Ist dir auch
nicht nach diesem Tag? Schweigen, er antwortet mir nicht.
Dann geh ich zur Kasse und setze mich hin.

10. Vater war Dichter

Auch wenn kaum einer verstand, was er dort niederlegte.
Nicht, dass es ihn sonderlich störte, nein, im Gegenteil. Es
belustigte ihn, all diese Ratlosigkeit. All diese Verwirrung für
Wörter, die kaum ein Gewicht besaßen. Er lachte selten,
beinahe nie. Doch bekam er die Regungen zu Gesicht, die
seine Werke vollbrachten, tja, so war er nicht mehr
wiederzuerkennen.

Die einzige Gemeinsamkeit, die er mit Gott besaß. Der
grundlegende Unterschied dazwischen liegt wohl in der
Ausdrucksweise, denn Gott schrieb natürlich keine
Gedichte. Zumindest habe ich bisher noch nie welche
gesehen. Und na ja, jetzt noch welche zu erwarten ist
offensichtlich unrealistisch. Davon abgesehen jedoch meine

ich natürlich jegliche Mitmenschen, die sich mit besagter Unverständlichkeit auseinandersetzen mussten. Unsinn, der sich in Worte manifestierte, sei es nun gesagt oder geschrieben. Nur mit dem Ziel, ein Lächeln ins Gesicht des Verursachers zu zaubern. Wie ironisch, es bringt mich selbst zum Schmunzeln.

Ein weiterer Gegensatz, wenn ich genauer drüber nachdenke, liegt wohl in der Anerkennung, denn wenige wussten, dass die Werke von Vater waren. Es wäre nicht gut fürs Geschäft, so hätte er es begründet. Was würden sie bloß denken, all diese Kunden und Bekannte. Nicht, dass er noch als verrückt deklariert wird! Aber so oder so hat er sich jedes Mal selbst verraten, wenn er besagte Szenarien zu Gesicht bekam, da bin ich mir sicher. Wahrscheinlich wusste er es selbst, wenn er seine Schriften an die Fenster positionierte, doch auch ein Bücherladen darf sich mal mit Unsinn rühmen. Alles, was eben Freude macht und das sind ja bekanntlich die kleinen Dinge im Leben, wie Vater zu sagen pflegte. Nicht allzu oft, doch hier und da lag es ihm auf den Lippen.

Sein letzter Wunsch war, mit all seinen Werken verbrannt zu werden. Bis auf eins, er hat es mir hinterlassen, doch wagen sollte ich es auch nur ein weiteres zu verschonen. Natürlich erfüllte ich dies, Vater lag mir sehr am Herzen. Doch habe ich bis heute nicht verstanden, wieso all das Geschriebene zu Asche werden musste. Wahrscheinlich aus demselben Grund, wie er es schon zu Lebzeiten erwähnte. Es würde nur seinen Ruf schaden. Einen Ruf, den er beibehalten will, selbst wenn es heißt, 1,80 m unter der Erde zu liegen. Erneute Ironie, das Schmunzeln wird nur breiter, gleicht beinahe einem Lächeln.

Jedenfalls hinterließ er mir ein Gedicht. Dass ich den Familienbetrieb weiter erhalte, das stand wohl außer Frage, doch hat es mich dennoch gewundert, dieses geschundene Blättlein als Erbe anzusehen. Jedoch muss man sagen, dass dies wohl seine beste Arbeit darstellte. Vaters Dichtkunst ließ meistens nur zu wünschen übrig. Doch wer bin ich, der ihm dies an die Brust legen würde? Ein Unmensch? Nicht dass ich wüsste.

Es war nicht allzu lang, etwas mehr als eine Seite, doch hat Vater es wohl immerhin einmal geschafft, Sinn in seinen Worten zu finden. Wenn auch äußerst vage, das lasse ich jetzt so stehen. Was ich letztlich damit anfangen soll, das bleibt mir nach wie vor ein Rätsel. Vielleicht ging es nur ums Prinzip. Ich bin mir sicher, dass er es genauso empfand. Wahrscheinlich lag dem keiner großen Bedeutung gegenüber. Ein letztes Relikt seines Humors, welcher kaum das Tageslicht zu Gesicht bekam. Es gleicht einer Illusion. Einer Eigenschaft, die sich im Nachhinein erst entwickelt hat. Schwelge ich also zu sehr in Erinnerungen? Verwechsle ich lediglich Persönlichkeiten zweier Genossen, die in meinem Leben involviert waren? Ja, bilde ich es mir nur ein? Ich denke nach.

Dann schau ich auf das Blatt, es liegt in meiner Hand. Gehe die Wörter langsam durch. Laut um Laut, es wirkt nicht so, als wäre es von Vater. Wirkt nicht so, als gehört es hier her. Als sollte es woanders sein, vielleicht in einer Urne. Aber na ja, jetzt ist es nun mal hier. Ruhend in meiner Hand, mit simplem Bestreben nostalgisch zu werden. Oder melancholisch, der Grad ist ja äußerst schmal. Ich denke an Vater und anschließend an Gott. Dann wieder an Vater und abschließend an Gott. Traurig ist mein Lächeln. Sie sind doch so verschieden, waren doch so ungleich. Und dennoch, auch wenn es nicht stimmt, ist es so, als wären sie eins.

11. Vater schrieb:

Ich bin ich, das will ich wohl meinen, der Unterschied jedoch, sagt kaum jemand einen

Der Unterschied ja, wie ich es betrachte, schwer zu beschreiben, wenn ich nicht drauf achte

Schwer zu beschreiben, die Wörter abhanden, im Schädel gerichtet, am Gaumen am Stranden

Wie schüchtern sie sind, erblicken das Licht, erreichen die Zähne, verlieren Gewicht

Berühren die Lippen, das Ziel längst entfernt, Wörter belanglos, Bedeutung verlernt

So schweben sie also, an Köpfe vorbei

Ohne das Ziel und demnach auch frei

Gleiten von dannen, leb wohl und ade

Ach, wenn ihr bloß wüsstet, dass ich euch versteh

Wenn ihr bloß wüsstet, wieso ihr entstandet

Was ihr daraus dachtet und daraus dann fandet

So wirken sie anders, in Speichel getunkt

Anders im Schädel und anders im Mund

Anders im Magen, es ist mir bewusst

Anders in Ohren und anders in Brust

Anders so anders, es gleicht keiner Form

Gleicht keiner Maße, gleicht keiner Norm

Wirken so plastisch, man könnt sie zerschneiden

Ergründen und kneten, ja sogar bekleiden

Drum frag ich mich nun, was ist es das hindert

Was ist es, was anstrebt und dieses auch mindert

Was ist es, das formt diese Wörter im Mund

Was geb ich da von mir, was geb ich bloß kund

Ist es das, was ich dachte und dieses nun sage

Oder ist es recht fraglich, dass ich es auch wage

Denn ist es die Angst, die mich da beschränkt?

Die Unsicherheit, die mich da beengt?

Vielleicht auch nur Tugend, jedoch nicht vorhanden

Wie Wörter gerichtet, am Gaumen am Stranden

Drum frag ich mich selbst, worum mag ich bloß handeln

Wie würd ich mich sehen und mich dann noch wandeln

Wie werde ich anders und bleibe ich selbst

Wie bring ich`s zum Ausdruck, wenn Gesagtes zerschmelzt

So bleibt es nun offen, die Frage der Fragen

Wie bring ich`s zur Geltung, wie könnt ich es sagen

Wie werd ich konkret, mit dem was ich trachte

Was ich mit bezwecke und daraus dann dachte

Ich bin ja ich, das ist wohl nun klar, der Unterschied jedoch, ist nun mal da

Vorhanden im Kopf, Synapsen erregt, mit dem Problem, dass keiner`s versteht

12. "Hol dir ohne Pornos einen runter"

Ein Tipp von Gott persönlich. Wieso, habe ich dann gefragt. Gott antwortete mit, ist doch logisch:

„Ist gesünder für dich Martin, vertrau mir. Schaust du Pornos?"

Ich sagte, ab und zu.

„Dann unterlass es ab sofort, kleiner Tipp vom Doktor. Pornos machen dich stumpf, verstehste? Dull, wie man auf Englisch sagen würde. Ich finde, es hört sich einfach besser an. Ja, Pornos machen dich dull. Wofür hast du denn deinen Schädel, hä? Nicht nur zum Glotzen! Wo führt das hier denn sonst noch hin, wenn man nicht mal die Wiederfassungs-gabe aufbringen kann, sich nackte Frauen vorzustellen!"

Gott schlug auf den Tisch, überlegte für einen Moment und setzte dann fort:

„Oder nackte Männer, wonach einem auch immer ist. Stehst du auf Männer? Ach nein, quatsch, du warst ja verheiratet, haha. Obwohl dies natürlich nichts heißen muss, aber nun gut. Pornos machen dich dull Martin, das kann ich nicht oft genug betonen. Lässt die Muskeln erschlaffen, weißte? Die Infrastruktur ermüden, bis du irgendwann gar keine Fantasie hervorbringen kannst. Und sag mir, in was für einer Welt würden wir leben, wenn man dazu nicht in der Lage wäre?"

Ich sagte, in unserer. Gott fing an zu grinsen:

„Korrekt mein Lieber, die Vorstellungskraft schwindet. Am Verblassen, weißte? Stetig und stetig, bis sie genauso blank ist wie die Köpfe unserer Mitmenschen. Ist dir einfach mal aufgefallen, wie viele Parallelen zwischen unseren Schwänzen und unserer Einbildungskraft vorhanden sind? Beides sind Muskeln Martin. Trainierst du nicht diese, lässt sie einfach verkommen und deinen technischen Firlefanz die Arbeit verrichten, kannst du beim besten Willen nicht erwarten, dass sie sich nach Jahren noch nützlich fühlen. Welcher Sinn liegt im Sinn, wenn ihm jegliche Bedeutung entnommen wird? Ich weiß die Antwort nicht, du etwa? Oder weiß man die Antwort nicht automatisch, gerade weil es so offensichtlich ist? Ist es überhaupt offensichtlich? Was auch immer Martin, worauf ich jedenfalls hinaus wollte, ist ja jetzt gesagt. Wieso also noch unnötig Wörter darein investieren, he? Was du damit im Endeffekt anstellst, ist natürlich dein Ding. Ich mein hey, wer bin ich, der dies kritisieren würde? Ein Unmensch? Wohl kaum! Ich bin so verfickt nochmal nett, die Leute sollten dafür fast betteln, mich in ihren Kreisen willkommen zu heißen. Aber nur fast! Ich bin ja wie gesagt kein Unmensch. Hab ich nicht recht Euster? Euster? Ignoriert mich wieder dieser Pisser. Euster, was ist, wenn ich jetzt gerne ein Bier hätte, hä?! Lässt du mich dann einfach hier verdurst… Ach, er ist ja gar nicht hinter der Theke, na so was. Passiert nun mal Martin, du schwelgst einmal in Gedanken und auf einmal ist der Gastwirt verschwunden. Weg und von dannen, ohne mir meine Fragen zu beantworten. Fühlt sich schlimmer an als das fehlende Bier, nicht? Aber das ist halt die Welt, in der wir leben Martin. Sie führt zu nichts. Nichts und wieder nichts bis... Ach, vergiss es, da ist er ja.“

13. Sechzehn Bücher an einem Tag

Recht magerer Umsatz, aber was will man an solchen Tagen auch großartig machen? Zu Hause etwa Trübsal blasen, bis die Mitleidenschaft unausweichlich wirkt? Wohl kaum. Nicht wenn das „Glück Auf" in 20 Minuten Fußweg zu erreichen ist. Dort ist das triste Beisammensein immerhin kollektiv. Nur ohne Gott, aber daran muss man sich gewöhnen. Zumindest geht es mir so, der Rest der Gefolgschaft scheint dem ja nichts mehr hinzuzufügen. Von der Tatsache jetzt mal abgesehen, dass sowieso keine Regung aus deren Reihen zu vernehmen war. Aber nun gut, heute ist mehr los als gestern, was für mich nicht wirklich einen Unterschied macht. Natürlich kennt man sich, wir sind ja ein Kollektiv. Aber sich miteinander austauschen? Eine Kommunikation zwischen seinen bedrückenden Mitbürgern herstellen? Dafür war ja Gott zuständig, wer würde es also wagen, diese Verantwortung übernehmen zu wollen? Die Russen hinten rechts, die Abend für Abend „Polnisch Poker" spielen? Sigmund, Roy und Falte, die ihr großes Glück am Automaten suchen? Oder vielleicht Rainer und die Handwerker, die ihren Teil dazu beitragen, sämtliche Räumlichkeiten in Zigarettendunst einzuhüllen. Nicht zu vergessen Euster, aber die Anzahl an Worten, die er täglich von sich gibt, beträgt ja nahezu null. Dann wäre da noch natürlich ich, der sich ebenfalls zur Elite der Elite sehen darf, jedoch ist es zu Recht zu bezweifeln, dass ich die Motivation aufbringen könnte, Kontakte zu pflegen.

„Du bist einfach zu ruhig Martin", das sagte Gott des Öfteren, „als ob du dich an deiner Stimme verschluckt hättest. Wie nennt man es nochmal konkret, mundfaul? Oder bist du auf den Mund gefallen? Nein, mundfaul müsste es sein, genau! Und weißt du, was mit faulen Mündern passiert, wenn du ihnen keinen Wert zukommen lässt

Martin? Sie fallen ab. Erst die Zähne, dann der Kiefer, bis du deine beschissene Zunge vom Boden aufheben kannst. Ist es also das, was du anstrebst Martin? Ein Buchhändler mit modernder Fresse? Eher nicht, oder?"

Eine Bewegung am Rande, erstaunt schaue ich auf. Vor mir steht Roy, die Zähne sind gelb. Bauch ist am Gluckern, Augen wirken fahl: „Wann isse?"

Ich bin irritiert, Roy wiederholt sich: „Na die Beerdigung! Wann isse?"

Ich weiß es nicht, das sag ich ihm zumindest. Gefolgt von einem Mustern, bis Roy sich langsam umdreht: „Falls du es weißt, Falte und ich würden mitkommen. Sigmund nicht, er mag keine Särge, aber Falte und ich würden kommen."

Das Gespräch ist beendet, mein Gemüt bleibt perplex. War das nun etwa eine Aufgabe, die mir zugeteilt wurde? Herauszufinden, wann Gottes Beerdigung stattfindet? Ja, hatte ich überhaupt vor dorthin zu gehen? Oder hätte ich es jetzt einfach dabei belassen? Bin ich dazu etwa verpflichtet? Ein letzter Abschied von Gott? Gedanken am Grübeln, ich bleibe perplex. Es war bisher wohl keine Zeit vorhanden, sich darüber den Kopf zu zerbrechen.

14. Mutter starb früh

Ich war ihr nicht böse. Wie könnte ich auch, sie hat es ja nicht beabsichtigt. Den Umständen ist es wohl zu verschulden, dass eines zum anderen führte und Mutter nicht mehr unter uns weilt. Will heißen, dass Brustkrebs eine üble Sache ist, aber das gilt ja wohl für alle Arten. Zumindest fällt mir keine ein, wo man leicht hätte aufatmen können. Oder nicht? Gott hätte widersprochen, aber natürlich hätte er es nicht ernst gemeint. Es lag einfach in seiner Art dagegen zu sein. Anders würde es sonst wenig Sinn ergeben. Was er damit letztlich meinte, tja, das bleibt leider offen.

Dennoch, es ist schon lange her. Zu lange, um sich deswegen noch den Kopf zu zerbrechen. Wieso denke ich also plötzlich über sie nach? Sollten meine Gedanken nicht an Gott behaftet sein? Oder eher an Vater? Schließlich ist es bei ihm auch nicht allzu lange her. Gut, das sei mal dahingestellt, drei Jahre sind immer noch drei Jahre. Aber es ist ja offensichtlich, was ich meine. Oder nicht? Benommen schau ich auf.

Eingenickt, das muss ich wohl sein, denn mein Körper hat das „Glück Auf" noch nicht verlassen. Ist es der Müdigkeit zu verdanken? Oder habe ich schon genug Bier intus? Die Uhrzeit gibt mir keine Antwort auf meine Frage, aber das ist ja nichts Neues.

Nur wenige sind noch da, Gesichter wirken fremd. Sind sie mir bekannt? Neue Gestalten, die in meiner Abwesenheit die Stube betreten haben? Oder war es doch bloß ein Glas zu viel? Sanft lege ich meinen Kopf auf den Tisch, die Augen sind geöffnet. Lausche der Atmosphäre und vergesse beinahe die Hymnen der Deutschen Welle, die sich vor nicht allzu langer Zeit hier abspielten. Mutter, Vater und jetzt auch Gott. Meine Frau steht außen vor, sie bleibt ja eine Fotze, wieso also die Mühe auf mich nehmen? Es wurde schon genug bedauert.

Aus der Nähe ist russisch zu hören, jemand muss verloren haben. Zumindest verrät es der Tonfall, aber es kann natürlich auch sein, dass ich mich irre. Spielt ja keine Rolle, mein Glas bleibt leer. Ob eine Kippe meine Leere füllen kann? Wenigstens meine Lungen, aber Krebs ist ja nach wie vor recht übel. Oder nicht? Qualm steigt nach oben, meine Wange bleibt am Tisch. Wenn wenigstens Musik zu hören wäre, dann wäre alles etwas erträglicher. Was gäbe ich bloß für Nena. Für Ideal und Falco. Als wären sie ein Lichtblick in dieser kargen Örtlichkeit. Stattdessen sind es nur die Automaten, die tüchtig am Singen sind. In einer Sprache, die so vertraut und dennoch kaum zu verstehen ist. Beinahe als würde Gott wieder sein Unwesen treiben.

Meine Augen werden feucht, es muss dem Dunst zu verschulden sein. Dann schau ich wieder auf und bemerke, dass ich ja gar nicht alleine bin. Sollte ich mir also noch eins genehmigen? Oder heißt es jetzt mal Abschied nehmen? Ich schaue auf die Uhr, sie flüstert mir ins Ohr. Redet von Gelüsten. Von Träumen und Herakles, als wäre es das Normalste auf der Welt. Erst jetzt begreife ich, dass ich alles andere als nüchtern bin.

„Passiert", wie Gott zu sagen pflegte, „da schaut man einmal weg und schwupps, vorbei mit der Vernunft. Als hättest du sie ins Glas gespuckt und ausgetrunken, was im Endeffekt natürlich auch stimmt. Sie verändert lediglich ihren Zustand Martin. Aus fest wird flüssig, es kann dir nur noch aus den Händen gleiten. Aber sie kommt zurück, da kannst du dir sicher sein. Und sollte sie dir doch abhandenkommen, dann hast du mit hoher Wahrscheinlichkeit einfach zu viel getrunken."

Es war wohl doch genug für diesen Abend, langsam steh ich auf. Schaue ein letztes Mal in die Runde und bezahle meinen Sold.

15. Ein Traum von Gott

Ich spielte mit ihm Karten. Nicht im „Glück Auf", da war ich mir sicher, doch hätte es wohl keinen Unterschied gemacht, schließlich ist es ja von keiner großen Bedeutung. Aber nun gut, ich träumte von Gott. Spielte mit ihm Karten, es müsste Durak gewesen sein und redete mit ihm über Gott und die Welt. Ich fragte ihn nach seiner Beerdigung. Er sagte, drauf geschissen:

„Woher soll ich das bitte schön wissen? Biste noch besoffen oder was?"

Ich antwortete nicht, es blieb mir verwehrt. Blickte zu Gott dann Richtung Karten, die man aus welchem Grund auch immer nicht wirklich erkennen konnte. Sie waren zumindest nicht gut, da war ich mir sicher.

„Das ist halt die Sache mit all diesen Dingen", so setzte er fort. Vergaß, worum es wirklich ging: „Mit all diesen belanglosen Dingen, die unseren Alltag bestimmen. Uns verwahrlosen lassen mit all diesen Dingen, die eben nun mal Dinge sind. Und deshalb Martin, hasse ich Sterne."

Ich verstand es nicht, doch war es ja ein Traum, wie mir im Nachhinein bewusst wurde. Auch wenn es ein reales Gespräch hätte sein können, da bin ich mir sicher.

„Was willst du von denen, he? Was geben sie dir, dass es wirklich nötig wäre, sie überall hierhin zu pflanzen?"

Er spuckte auf den Boden. Ich tat ihm gleich, hinterfragte es nicht.

„Versteh mich nicht falsch, sie sind ja nicht verkehrt, doch was haben sie da oben schon zu suchen? Schauen auf uns herab, als wäre ihnen bewusst, welchen Posten sie besitzen. Welche Aussicht sie genießen, als stehe es ihnen zu! Die Nacht sollte schwarz bleiben, ohne dieses Funkeln! Ohne dieses Glimmern, welches mir die Augen blendet! Ich sag es dir Martin, sie lachen mich aus. Reden über mich, als hätten diese Ficker sonst nichts Besseres zu tun und das Martin, werde ich ihnen niemals verzeihen. Nicht, solange ich sie sehen kann, solange ich sie vor mir habe."

Er legte eine Karte, ich dachte drüber nach.

„Der Mond hingegen, was beneide ich ihn. Ihm ist es gleich, ob er strahlt oder nicht. Ob man ihn zu Gesicht bekommt, was kümmert es ihn? Der Mond ist bescheiden und deshalb beliebt. Er steht an deiner Seite, wenn die Nacht dich ergreift. Selbst wenn man ihn nicht erkennen kann in all dieser Finsternis. Er hat es mir angetan, das kann ich nicht leugnen."

Ich legte eine Karte, Gott tat dem gleich. Dachte dann drüber nach und nahm sie zurück. Ich wollte was sagen, doch er lenkte bloß ab.

„Das ist eben diese Sache mit all diesen Dingen. Sie sind so präsent, so anwesend und greifbar. Nur um letztlich einen Dreck auf dich zu geben. Erregen dein Gemüt, als würden sie es wollen, nur um einfach drauf zu scheißen. Einen beschissenen Fick darauf zu geben!"

Gott schlug auf den Tisch, die Karten sprangen auf. Erschrocken über diese unsinnige Wut, was konnten sie dafür? Dann fielen sie langsam, beinahe als würden sie schweben.

„Doch wer bin ich, der nachtragend wäre? Wer bin ich, der seinen Groll ausleben würde, um alles dem Erdboden gleichzusetzen? Nein, im Endeffekt musst du Martin und nur du es besser wissen. Dich reflektieren, verstehst du? Denn wenn du es nicht tust, bist du nicht besser als diese Pisser da oben. Reflektierst du dich nicht, dann wird es offensichtlich. Weißt du, was ich meine? Ade du Entfaltung, leb wohl und leb wohl! Was bringt mir Entwicklung, Bedeutung und Sinn, wenn ich mich nicht begreifen kann? Dein Leben wird hinfällig Martin, schlicht und ergreifend sinnlos. Doof nur, dass du dir dessen nicht bewusst sein kannst, schließlich hockst du ja da oben. Schaust auf mich herab, als würdest du es besser wissen, ohne dir auch nur im Klaren zu sein, wie fremd du wirklich bist."

Er legte eine Karte, doch nahm sie wieder zurück. Beschuldigte mich dann, dass ich schummeln würde und zu Ende war der Traum.

16. Den Bestatter um Rat erbitten

Einfacher gesagt als getan, wenn man realisiert, wie viele Unternehmen in dieser Stadt vorhanden sind. Natürlich ist es keine unendliche Zahl, jedoch genug, um sich den ganzen Tag damit auseinanderzusetzen. Irrsinnig wie ich finde, doch ich kannte ja seinen Namen nicht. Warum nehme ich den Aufwand also auf mich? Schließlich hat Gott sich ja nicht mal die Mühe gemacht, sich von mir zu verabschieden. Ist er es also überhaupt wert, doch erspare ich es mir, Zeit darein zu investieren. Nein, was rede ich da, ich tu es doch schon. Wandere durch die Stadt und ziehe die urbanen Düfte in meine Nase, als gäbe es nichts anderes auf der Welt. Was mittlerweile ja auch stimmt! Zumindest beinahe.

Der Laden bleibt heute geschlossen, schwer liegt es mir im Magen. Was Vater dazu sagen würde! Aber gut, sicherlich könnte er Verständnis dafür aufbringen, es handelt sich hierbei ja um einen Freund. Oder so was in der Art, wem bin ich schon eine Erklärung schuldig? Wie lange ich jetzt wohl unterwegs bin? Zu lange, wie mir meine Knie weismachen wollen, aber jetzt aufgeben? Wohl kaum! Nur noch 4 Betriebe, ich nähere mich schon dem sechsten. Vögel im Stau, Sonne am Gähnen. Bäume zahlen Miete und meine Knie tun weh.

„Du bewegst dich zu wenig", wie Gott es mir schon so oft an die Brust gelegt hat: „Bewegung ist das A und O Martin, bist du da anderer Meinung, dann ist dir nicht mehr zu helfen. Schau mich nicht so an, ich mein es Ernst. Es gibt nur eine Dreifaltigkeit, die du im Leben anstreben musst und das bist du, du und nochmal du! Natürlich, die Grundlage kann verschiedenes sein, doch bin ich gewiss kein beschissener Lügner, wenn ich behaupte, dass Sport ein gutes

Fundament bieten kann. Sag Martin, weißt du, was damit alles möglich sein kann? Was für Grenzen sich am Horizont entfalten können, wenn du die Bürde auf dich nimmst, dich ein kleines bisschen mehr zu lieben? Was für ein Unterschied es machen kann, wenn du dich mit Stolz im Spiegel begutachten kannst? Unvorstellbar Martin, ich sag es dir. Denn merke dir, so weit ist es nicht angesiedelt. Beinahe ein Katzensprung und dennoch kaum auszudenken. Aber es bleibt natürlich das höchste der Gefühle, der Apex unter den Bestrebungen. Wenn es nicht deinem Wunsch entspricht, von mir aus. Behalte nur im Hinterkopf, dass ich dich darüber aufgeklärt habe. Beziehungsweise sollst du mir ja nicht unterstellen, dass ich es dir nicht gesagt hätte. Aber nun gut, fairerweise muss man dazu sagen, dass nicht jeder in diesen Genuss kommen kann. Einfach aus dem Grund, dass die Bedingungen für jeden unterschiedlich sind. Scheiße, ich hätte bestimmt kein Bock mich zu bewegen, wenn ich den ganzen Tag dafür aufbringen müsste, nicht obdachlos zu werden! Aber das ist natürlich eine andere Sa..."

Gott hält inne, meine Füße bleiben stehen. Ziel erreicht, die Freude bleibt aus.

17. „Ich suche nach einem Bekannten"

Ist nicht die beste Art, um sich bei einem Bestatter nach jemandem zu erkundigen, doch mangelt es mir fairerweise auch an jeglichen Informationen, die ich jeweiligem Ansprechpartner bieten könnte. Die Reaktionen waren demnach bisher recht ähnlich: Meint er es wirklich ernst?

Und ja, ich kann es ihnen kaum verübeln! Ein Fremder, der nach einem Fremden sucht, nur weil sie sich vielleicht nicht so fremd waren, das hört sich einfach banal an. Aber nun ja, die Reaktionen waren gleich. Drum wundert es mich etwas, die Bestatterin vor mir lachen zu hören. Als wäre es das Normalste auf der Welt.

„Dann sind Sie hier vielleicht am falschen Ort."

„Das kann gut sein, aber er hat sich das Leben genommen."

Das Lächeln verschwindet, gefolgt von einem Schmunzeln: „Verzeihen Sie mir, ich hätte nicht darüber lachen sollen. Es ist wohl nur das erste Mal, dass jemand hier so ein Gespräch begonnen hat."

Nun muss ich ebenfalls schmunzeln: „Das glaube ich Ihnen gern."

Frau Peters ist ihr Name. Eigenartig wie ich finde, doch ich weiß nicht wieso. Vielleicht weil sie eine Frau ist? Nein, auch Frauen können Bestatter sein. Beziehungsweise Bestatterinnen, aber das ist ja wohl einleuchtend.

„Und wollen Sie mir auch verraten, nach wem Sie genau suchen?"

„Der Name ist mir nicht bekannt."

„Von der Person, die Sie suchen?"

„Genau."

Nun schaut sie wie die anderen, es ist ja berechtigt.

„Also kein Angehöriger?"

„Bekannter will ich meinen."

„Freund oder Kollege?"

„Bekannter reicht aus."

Frau Peters überlegt, das macht sie mir kenntlich. Stirn wird gerunzelt, der Blick wandert hoch. Dann schaut sie wieder zu mir und tippt sich an die Nase:

„Tut mir leid, aber ich befürchte, dass ich Ihnen so nicht weiterhelfen kann. Jegliche Informationen, die sich auf Verstorbene beziehen, kann ich nicht jedem anvertrauen, der sich hier rein verirrt."

Mein Kopf beginnt zu nicken. Nicht das erste Mal, dass ich es höre heute: „Es ist etwas kompliziert, verstehen Sie? Beziehungsweise war er etwas speziell."

„Speziell genug, um Ihnen nicht mal seinen Namen zu verraten?"

„Genau."

„Und wieso dann die Mühe auf sich nehmen, um nach diesem verstorbenen Bekannten zu suchen?"

„Es ist dem Zufall verschuldet."

„Dem Zufall?"

„Ungefähr, genau."

Frau Peters denkt nach, sie macht es mir deutlich. Lippen bewegt, der Blick schaut nach oben. Dann schaut sie wieder zu mir und berührt ihre Nase.

„Wie ist Ihr Kollege verstorben?"

„Er hat sich erschossen."

„Ach, das kam Ihnen zu Ohren, aber nicht wie er heißt?"

„Keiner, den ich kenne, weiß ihn, zumindest hat es mir bisher niemand anvertraut."

Sie schaut mir in die Augen, ich halte dem stand. Recht lebhaft sind sie am Funkeln, ein angenehmer Kontrast zur vorhandenen Atmosphäre. Braun wie meine, nur dass sie wirken, als wären sie stetig in Bewegung. Als wäre ein Kind in eine Pfütze gesprungen, aber natürlich behalte ich es für mich.

„Dürfte ich denn wenigstens Ihren Namen erfahren?"

„Martin Klopfer."

„Wie der Bücherladen in der Innenstadt?"

„Genau."

Erneut wird es still, die Gedanken sind am Grübeln. Ob sie schon mal in meinem Laden war? Nein, das hätte ich mir sicherlich gemerkt. Oder nicht? Beinah will ich sie fragen, doch ich verkneife es mir. Sie kennt meinen Laden, das reicht doch schon aus. Wie sehr sich Vater immer freute, wenn ihn jemand darauf ansprach. Wie ein Kind, was eine Pfütze erblickt.

Ein Seufzen ist zu hören, Frau Peters meldet sich zu Wort: „Wir haben hier jemanden, der sich erschossen hat, jedoch war es bisher nicht möglich einen Angehörigen auffindbar zu machen. Um genau zu sein, konnten bisher keine Informationen herausgefunden werden, nicht mal, wo er wohnte! Er hatte einen Ausweis an sich, doch mit dem konnte man nicht wirklich was anfangen. Zumindest war das meiste nicht mehr lesbar. So wie es jetzt auch aussieht, bekommt er ein anonymes Grab."

Erneut ist es still, Gesagtes wird verarbeitet. Gefolgt von einer Frage: „Wäre es möglich, sich die Leiche anzuschauen?"

„Ich befürchte, das ist nicht möglich. Verstehen Sie mich nicht falsch, es würde mich ebenfalls interessieren, doch ich befürchte, dass mir dies nur unnötige Schwierigkeiten einbringen würde, wenn ich einen Außenstehenden da mit rein involviere."

Ich beginne zu nicken: „Dürfte ich mir sonst den Ausweis ansehen?"

„Der wird grade entwertet, tut mir leid. Gott weiß, wie lange das bei denen immer dauert. Das Einzige, was ich Ihnen grade sagen kann ist, dass er sich vor 7 Tagen umgebracht hat."

Wieder am Nicken, diesmal energischer: „Und wann ist die Beerdigung?"

„Es findet keine statt."

„Aber wann wird er begraben?"

„Ich müsste nochmal nachschauen, aber ich meine, es müsste schon übermorgen sein."

„Wäre es möglich, trotzdem daran teilzunehmen?"

„Es ist keine Beerdigung."

„Es wäre nicht nur ich, der teilnehmen würde. Wir würden Sie auch nicht aufhalten. Wirklich nur, um sich wenigstens zu verabschieden."

Aus funkeln wird mustern, Frau Peters überlegt. Dasselbe Prozedere wie bereits erwähnt, bis besagter Blick sich wieder an mich richtet: „Es muss alles recht schnell gehen, wissen Sie? Doch wenn es Ihnen wirklich wichtig ist, will ich nicht diejenige sein, die Ihnen dabei im Wege steht. Lassen Sie mich nur nochmal kurz nachschauen, wann und wo es genau stattfindet."

Ich atme auf. Erleichterung macht sich breit, aus welchem Grund auch immer: „Ich danke Ihnen."

„Aber wie gesagt, ich gebe Ihnen keine hundertprozentige Gewähr, dass es Ihr Bekannter ist."

„So viele können es ja nicht sein."

Ein Lächeln macht sich breit, Frau Peters macht nun kehrt, nur um sich direkt wieder umzudrehen: „Ach, eine Sache wäre da noch! Sein Ausweis war nicht wirklich lesbar, jedoch war sein Name noch halbwegs zu erkennen..."

Kurz hält sie inne, bis sie weiter fortsetzt: „Wollen Sie ihn wissen?"

Ihre Augen schauen mich an, Pfützen sind erwartungsvoll. Ich bleibe perplex, es ist jetzt nicht wirklich eine Frage, mit der ich gerechnet hätte. Ist es wirklich wichtig? Schließlich ist er ja tot. Ein Name mehr oder weniger, wird jetzt auch keine Rolle spielen. Aber wäre es nicht eine Gelegenheit? Eine Möglichkeit, Gott etwas näherzukommen? Sekunden vergehen, abermals sind Gedanken am Grübeln.

„Ich überlege es mir."

18. Wie schon so oft

Er tänzelt in meinem Kopf. Springt dort umher, macht seine Faxen, ohne sich im Klaren zu sein, dass ich es nicht will. Eine Pause ist es, die ich nun brauche, doch ich werde ihn nicht los. Es ist noch zu frisch, die Wunde aller Wunden, drum ist es ja verständlich, dass dies mich beschäftigt. Aber in diesem Ausmaß? Als wäre es mir verwehrt, an anderes zu denken, als gäbe es keinen Platz. Abhandengekommen, wo kommt er bloß unter? Wo macht er sich breit? Offensichtlich in mir, aber nun gut, ich gehe jetzt heim. Doch was fange ich dann mit mir an? Heute Abend ins „Glück Auf", ich muss ja die Neuigkeiten verbreiten. Aber sind es noch einige Stunden, die ich auf mich nehmen muss, bevor ich im üblichen Lokal Platz nehmen kann. Ich gehe etwas langsamer.

Wie sehr es an dir zehrt, wenn du dich so planlos fühlst. Hier und da, da ist es in Ordnung, aber auf Dauer? Belastend will ich meinen.

„Dann tu doch was dagegen", wie Gott nun gesagt hätte, „was hält dich davon ab?"

Du tatsächlich, wie ich mir selbst sage, aber es ist ja absurd, sich darauf einzulassen. Dennoch, er fährt einfach fort.

„Sind dir meine Worte nicht im Gedächtnis geblieben, mein lieber Martin? Oder arbeitest du einfach daran, sie zu ignorieren? Bedenke die heilige Dreifaltigkeit, du, du und nochmals du! Ist dir dies nicht bewusst, was soll dann daraus werden? Was soll aus dir dann werden? Natürlich kannst du mir die Schuld für diese Mutlosigkeit geben, doch was wird es dir nützen?"

Ich schweige, flaniere weiter nach vorne.

„Es ist wohl eine Frage der Auslebung des Tatendrangs. Irgendwann wird es dir bewusst, da bin ich mir sicher. Abwarten und geduldig sein, kann ich dazu nur sagen. Warten und warten und warten und warten, bis es dann zu spät ist. Halt ne."

Ich bleibe stehen. Hätte er das wirklich gesagt oder versuche ich mich abzulenken? Treibe ich mich jetzt selbst in den Wahnsinn? Vermutlich nicht, ich male es nur aus. Und jetzt?

Ich gehe weiter. Gehe nachhause, es ist ja egal. Doch was ist es, was ich dann tue? Zu Hause verweilen, die Decke betrachten und mich fragen, was der heutige Tag letztendlich war? Es wäre absurd. Einfach nur dumm, es ist ja noch früh. Gut, so früh natürlich nicht, dafür ist es recht spät. Aber eben nicht so spät, als dass es zu früh wäre. Ergibt das Sinn? Ist es verständlich? Oder bin ich nur am Schwelgen, da in meinem Schädel? Am Denken und Grübeln, nur weil mir Besseres nicht einfällt. Hätte ich was Besseres zu tun, dann wäre ich wohl abgelenkt. Aber wovon? Was gebe ich da bloß von mir? Vielleicht bringt er mich ja wirklich um meine Vernunft. Aber das wäre abwegig, schließlich ist es mein Kopf. Meine Birne und mein Verstand, das sollte mir bewusst sein. Aber wäre es mir wirklich bewusst, dann würde ich doch was dagegen tun!

Schweigen und schwelgen. Natürlich hatte ich Hobbys, so ist es jetzt nicht. Lesen, das ist wohl das Naheliegendste. Doch wie viele Bücher habe ich schon verschlungen? Wie viele Wörter vertilgt, bis ich sie gefühlt nicht mehr sehen kann? Eben wie wenn man sein Lieblingsgericht Tag für Tag zerkaut und verdaut, bis es lediglich einem Haufen Scheiße zu gleichen scheint. Sprich, ich habe sehr lange nicht mehr gelesen. Vielleicht auch aus dem Grund, dass ich nicht mehr weiß, was mich noch interessieren könnte. Dann gab es ja noch Angeln! Doch mir ist die Rute zerbrochen, drei Tage bevor meine Frau mich verließ, da wurde es irgendwie hinfällig. Davon abgesehen weiß ich nicht, ob das jetzt die beste Beschäftigung für mich wäre, zu warten und zu warten, bis ich irgendwas am Hacken hätte. Letztlich wäre ich erneut allein, mit all diesen Gedanken. Mit Gott, der auf meiner Rinde steppt. Es fällt wohl weg, doch behalte ich es im Hinterkopf. Wer weiß, es muss ja nicht die Tage geschehen. Außerdem existierten noch die kläglichen Versuche, mich sportlich zu betätigen, wie Gott es mir zu raten gab. Doch wie gesagt, es waren klägliche Versuche.

„Und was hält dich davon ab, es erneut zu probieren? Oder einfach etwas Neues zu tun?"

Das hätte er wohl gefragt, verständlich muss ich zugeben. Doch ich antworte nicht darauf, nein, denke drüber nach, was infrage kommen würde. Sie müssten da sein, diese besagten Ideen. Diese besagten Gelüste, die ich anstreben könnte. Doch es fällt mir nichts ein. Abwarten, wie Gott nun gesagt hätte. Kommt Zeit, kommt Rat. Und ist es so weit, dann kommt auch die Tat. Oder so ähnlich, er wird es schon wissen.

19. Sieben sind dabei

Mich inklusive, aber dennoch mehr als ich angenommen
hätte. Es schien sie nicht wirklich zu stören, dass ich nicht
hundertprozentig sicher war, ob es sich nun um Gott handelt
oder nicht. Roy und Falte haben es ja schon angekündigt,
drum sagten sie auch nichts, als ich es im „Glück Auf"
erzählte. Dann noch drei Russen, Juri und zwei Saschas,
die wiederum davon ausgingen, dass die Beerdigung mit
Korn begossen wird. Ich sagte, es gäbe keinen Alkohol. Sie
sagten, scheiß drauf:

„Dann danach!"

Ich beließ es dabei. Zu guter Letzt war da noch Rainer, was
mich um ehrlich zu sein recht wunderte.

„Nur um sicherzugehen, dass er wirklich unter der Erde
liegt."

Die Verwunderung verschwand, auch das beließ ich dabei.
Selten haben beide nüchtern auch nur ein Wort miteinander
gewechselt. Beziehungsweise kam es nur zum regen
Austausch, wenn beide diese gewisse Schwelle an Alkohol
überwunden haben, die man unter normalen Umständen
nicht überwinden sollte. Sprich, jede Konversation, die sie
führten, führte letztlich zur gewünschten Schlägerei.
Zumindest habe ich es über die Zeit so wahrgenommen.
Surreal, wenn man genauer darüber nachdenkt, denn ich
habe sie schon mehr als oft zusammen Karten spielen
sehen, ohne dass auch nur ein Wort gefallen ist.
Schlägereien durften übrigens nur vor der Tür stattfinden.
Darauf besteht der Euster, was in Anbetracht der jeweiligen
Situation natürlich nur schwer zu bewerkstelligen ist. Jedoch
gab es immer ein Bier aufs Haus, wenn es beide Beteiligte
dafür bis nach draußen geschafft haben. Aber so viel dazu,
ich schaue jetzt zur Theke:

„Was ist mit dir Euster? Bist du dabei?"

Wie immer lässt er sich Zeit. Schaut kurz zu mir rüber, dann wieder weg. Befüllt das letzte Glas und bringt es zu Falte.

„Mal schauen."

So viel dazu, ich sagte es ja bereits.

„Mach mir auch noch eins bitte."

Man könnte meinen, eine Neuigkeit dieser Art könnte als Highlight des Abends deklariert werden, wenn man des Öfteren seine Tage im „Glück Auf" ausklingen lässt. Doch dem war nicht so. Sie gleicht dem schwebenden Zigarettendunst, langsam emporsteigend, nur um als verstreute Partikel in die restlichen Gemüter zu gelangen. Es wirkt wie ein Räuspern. Ein Kratzen in der Kehle, welches zwar lästig erscheint, jedoch kaum Einfluss auf den restlichen Abend besitzt. Gott ist tot, das weiß doch jetzt jeder. Kugel im Kopf und bald unter Erde, nur um als Vorratsspeicher für Humus und Pflanzen zu dienen, die sich nicht weniger für seinen Tod scheren könnten. Genauso wie dieser Haufen hier. Wut kommt auf.

„Habt ihr dazu wirklich nicht mehr zu sagen?", ich stehe auf und schaue mich um: „Seid ihr Idioten wirklich schon so abgestumpft, dass euch alles kaltlässt, was an Empfindungen nahekommt? Verdammte Scheiße, natürlich hatte er seine Macken! Natürlich war er nicht einfach und natürlich war kaum mit ihm umzugehen! Aber das hier? Ist euch seine Abwesenheit wirklich so egal, dass ihr nicht mal ein direktes Wort an ihn richten könnt? Sagt, habt ihr auch nur eine Sekunde damit verbracht, auch nur einen Gedanken an ihn zu verschwenden, seitdem er nicht mehr hier ist? Sagt es mir! Was geht in euch vor? Lässt es euch wirklich kalt? Ist er für euch nur eine weitere Figur im Leben, die das Zeitliche gesegnet hat? Scheiße, er muss ja kein beschissener Freund gewesen sein, aber wie viele Stunden habt ihr schon mit ihm hier verbracht, he? Wie oft hat er im Gegensatz zu euch versucht, etwas Leben in diesem Puff hervorzulocken, he? Ist euch das alles wirklich egal?! Ist es das?!", ich schaue Richtung Automat: „Roy, Falte! Wieso wollt ihr auf seine Beerdigung?"

Falte kramt nach Kleingeld, Roy zuckt mit den Schultern: „Wir dachten, du gehst."

Stille.

„Das war`s?"

Falte findet Kleingeld, Roy zuckt mit den Schultern. Die Fassungslosigkeit ist größer als ich dachte, mein Blick wandert schnell. Erst zu Euster, dann Richtung Rainer: „Das ist also eure Antwort? Beschissenes Schweigen? Mein Gott, was ist bloß los mit euch?!"

„Meine Güte Martin, jetzt beruhige dich mal", Euster meldet sich zu Wort: „Was ist auf einmal mit dir, dass du dich in solche Rage redest? Du wusstest bis heute selber nicht mal, wann die Beerdigung ist, wie kannst du von uns also verlangen, dass wir mit dir jetzt dabei miteifern?"

Ich will antworten, doch Euster überwiegt: „Hat er sich von dir verabschiedet Martin? Hat er es dir anvertraut, dass er sich das Leben nehmen will? Ich glaube wohl nicht. Nein, keinem von uns hat er was erzählt, nicht mal angedeutet! Und du heulst jetzt hier rum, dass wir uns irgendwelche Gefühle zurechtmachen müssen, damit du dich damit abfinden kannst? Sag Martin, hast du dir überhaupt Gedanken um ihn gemacht? Oder versuchst du grade einfach nur deine Schuldgefühle zu verbergen? Du verbringst doch genauso viele Abende hier wie die anderen.

Du sitzt genauso an deinem Tisch, trinkst dein Bier und wechselst hier nur unter Vollmond deine Worte aus. Aber du willst uns trotzdem jetzt weismachen, dass wir schlechte Menschen sind, weil wir wenig Mühe für seine Beerdigung aufbringen? Was sagt das über dich aus, hm? Bist du jetzt wirklich besser, nur weil du uns hier eine Standpauke gibst?"

Euster starrt mich an, will mich zu Wort kommen lassen, doch ich bringe nichts hervor. Schaue mich um, zu Rainer, Roy und Falte. Zu Sigmund, Russen und all die restlichen Fremden, die spärlich hier verteilt sind. Dann hol ich meine Jacke und verlasse wortlos die Stube.

20. Ein Moment des Leichtsinns

Wie Gott es beschrieben hätte. Wie Gefühle nun mal sind, sie brauchen Platz. Dehnen sich aus, gleichwohl ob Magen oder Kopf, bis sie nicht anders können als zu bersten.

„Das passiert jedem", so hat er es einmal abgewunken, zu einem ähnlichen Szenario, „die Frage, die daraus jedoch resultiert, sollte dir dennoch zu denken geben. Immerhin bist du ja nicht alleine auf dieser Welt Martin. Überleg mal, wenn jeder Mensch dem gleichtun würde, wo kämen wir dann bloß hin? Auf jeden Fall an keinem besseren Ort, so viel ist sicher. Auch wenn es natürlich wesentlich ungesünder ist, alles in sich aufzustauen. Dafür sind wir nicht gedacht, das ist ja offensichtlich. Sag Martin, glaubst du, du bist schon mal jemanden unter die Augen getreten, der durch und durch seine Gefühle verdaut hat? Jeden Gedanken, jede Empfindung, einfach so verinnerlicht hat? Wenn du ja sagst, würde ich es dir nicht glauben. Es ist kein Gedanke, an dem man festhalten sollte, schließlich sind wir doch alle menschliche Wesen. Und sollte ein menschliches Wesen wirklich diesen Weg bestreiten und diese Lasten mit sich umherschleppen, tja, dann ist es wohl eine Frage der Zeit, bis sein Körper platzt. Aufquellt Martin, als würdest du Ton mit Wasser begießen. Immer weiter und weiter, bis Ton kein Ton mehr wäre, sondern irgendein Brei, dessen Partikel nie wieder ihre alte Form besitzen werden. Auch wenn es Ton ja letztlich egal wäre, denn Ton ist ja Ton. Aber dasselbe kann man nun mal nicht von Menschen verlangen. Das ist eben das Dilemma, was daraus resultiert. Du musst das Gleichgewicht in dir finden, ohne dich von Momenten des Leichtsinns übermannen zu lassen. Auch wenn es leichter gesagt ist als getan. Wie könnte ich es der Wut verübeln, wütend zu sein Martin, hä? Wie könnte ich Trauer in die Augen schauen und sagen, sie soll ihre Tränen versiegen? Ja, sollte ich wirklich derjenige sein, der Unmut verbietet, während Freude sich vergnügt? Wohl kaum! Es gehört halt dazu, diese Kontraste der Glückseligkeit. Anders würdest du kein Glück empfinden, keine Liebe. Weder Freude oder auch nur ein bisschen Hoffnung, welches sich in deinen Synapsen versteckt. Aber das sollte ja eigentlich offensichtlich sein, nicht? Ich hoffe, du hast dir darüber schon Gedanken gemacht Martin. Es ist wichtig, sich dem bewusst zu sein, was vor dir liegt. Auch wenn es ja nicht wirklich vor dir liegt, aber du weißt ja, was ich meine."

Ich tat es nur bedingt, es war alles etwas viel. Zu viel, als es auf Anhieb zu verstehen. Sie ergeben ja wenig Sinn, selbst wenn man es sich öfters durch den Kopf gehen lässt. Es muss wohl einfach ausreichen, zwischen den Zeilen zu lesen. Oder nicht? Vielleicht muss ich es mir doch mehr zu Herzen nehmen. Zerkauen und vertilgen, bis sie nicht mal daran denken würden, meinen Kreislauf zu verlassen. Aber wieso sollte ich überhaupt seine Wörter verarbeiten? Kann ich daraus einen Mehrwert ziehen? Eine Bedeutung aus seinen Reden? Ich zünde mir eine Zigarette an. Natürlich nicht im Laden, wir sind ja nicht im „Glück Auf", doch sehe ich aus den Augenwinkeln, wie der ausgeatmete Qualm vergeblich Richtung Türe zieht. Ob mir das was sagen soll? Hätte Gott daraus eine Bedeutung ziehen können? Ich verneine dies, es wäre absurd.

Auch heute ist wenig Betrieb, aber es stört mich nicht so sehr wie an anderen Tagen. Nein, momentan steht Scham im Vordergrund, ausgelöst durch gestriges Szenario, welches sich in besagter Kneipe abspielte. Ein Moment des Leichtsinns, wie Gott es beschrieben hätte, aber das muss ich ja nicht wirklich nochmal erläutern. Was habe ich mir daraus also erhofft? Was ging in mir vor, dass ich mich so überwältigen ließ von solchen Empfindungen, die doch eigentlich zweitrangig sein sollten? Und das vor all diesen Menschen, für einen Fremden, der ein Fremder bleibt. Ich ziehe an meiner Zigarette. Dann nochmal. Mache sie aus und werfe sie in den Mülleimer neben meinem Laden. Drehe mich um und öffne die Tür.

„Martin Klopfer?"

Schaue dann nach links.

„Ja?"

„Paket für Sie."

„Ich habe nix bestellt."

„Ist an Sie adressiert."

„Von wem?"

„Kein Absender vorhanden."

Ich nehme es an und unterschreibe. Der Paketbote bedankt sich, macht beinahe kehrt: „Ach, eine Sache wäre da noch."

„Die wäre?"

„Das Paket wurde anscheinend persönlich vor circa einer Woche bei uns abgegeben. Ein gewisser Herr Herakles. Er meinte, Sie würden schon wissen, um wen es sich handelt. Es ist anscheinend wichtig, dies zu erwähnen."

Ein letzter Abschied und erneut war ich allein. Mit einem Paket, welches für seine Größe nicht hätte leichter sein können. Sekunden vergehen, dann wird mir klar, was passierte. Könnte es wirklich sein? Ist es das, was ich wirklich denke? Ich blicke nach unten, doch bekomme keinen Zuspruch. Dann geh ich rein und zermartere mir den Kopf.

21. Es könnte so einfach sein

Doch ich stehe mir im Weg. Dabei wäre es so simple! Ich müsste nur nach der Schere greifen, diese ganze Pappe aufschneiden und all dieses Grübeln läge in Vergessenheit. Und trotzdem tue ich es nicht. Bis jetzt auf jeden Fall, schließlich werde ich es irgendwann machen. Aber was hält mich davon ab? Die Angst vor Enttäuschung? Die Sorge vor einem Missverständnis? Oder will ich es vielleicht ja gar nicht wissen?

Das Paket blickt mich an, ich schaue weg. Leicht ist es, das habe ich bereits erwähnt. Zu leicht für seine Größe. Kaum von Gewicht, als wäre das Einzige, was drin wäre, ein perfider Witz. Nur ohne Pointe, zumindest könnte ich sie mir nicht ausmalen. Wenn es von demjenigen ist, von dem ich es denke, aber es muss einfach von ihm sein. Anderes käme nicht infrage. Vor allem wenn diese Box einem geschmacklosen Scherz entspricht, denn genau das würde ich ihm zutrauen. Damit er selbst im Sarg das Vergnügen besitzt, seine Mundwinkel zu zücken. Sollte ich ihm also diesen Gefallen erfüllen? Könnte ich ihm diese Dreistigkeit verzeihen?

Erneut verfalle ich in Gedanken, machen mich beinahe verrückt. Wieso also weiter verharren? All diese Last auf mich nehmen, wenn die Antwort genau vor meinen Augen liegt? Nur weil die Wahrheit schmerzen könnte?

Ein Kunde betritt die Stube, doch ich kann ihm keine Aufmerksamkeit widmen. Nicht wenn dieses Ding auf meinem Schreibtisch ist. Nicht bis es offen ist und ich mich mit der bitteren Wirklichkeit auseinandergesetzt habe. Was also tun? Wie dumm diese Frage erscheint, ich muss beinahe schmunzeln.

Vater hätte es keine Sekunde geduldet. Er hätte die Schere gepackt, dem Inhalt ihrer Hülle entledigt und fertig. So einfach kann es gehen, doch Vater ist nun mal Vater und demnach nicht ich. Denn wäre er ich, so hätte er gezögert. Gewartet und gewartet, für nichts und wieder nichts. Doch sind die Umstände wohl anders, auch wenn ich jetzt natürlich nur pauschalisiere. Zögern. Erneut schaue ich nach unten, das Paket erwidert meinen Blick. Dann sehen wir uns an, wie ein altes Ehepaar, welches sich über irgendeine Belanglosigkeit gestritten hat.

Ein weiterer Kunde in meinem Laden, was würde ich mich freuen, wenn mein Schreibtisch nicht beladen wäre. Vielleicht ist es ja auch nicht von ihm. Vielleicht quäle ich mich ja nur umsonst. Es könnte ein Irrtum sein. Ein Missverständnis, welches nicht hätte unangebrachter sein können. Aber natürlich würde es nicht der Wahrheit entsprechen, denn dieses Paket und da bin ich mir sicher, kann nur von Gott persönlich sein. Herr Herakles, also bitte.

Warum also all dieses Verzagen, es ist doch so verdammt nochmal simpel! Ich spüre, dass ich wütend werde. Erneut aus Leichtsinn, durch Dummheit, die nicht dümmer sein könnte. Und dann wird mir klar, dass Gott genau dies gewollt hätte. Mich aufwühlen wie Schlamm, einfach weil es ihm eine Freude bereiten würde. Jetzt muss ich also doch noch schmunzeln, ich versuche es zu unterdrücken. Packe die Schere und öffne die Box, da liegt es also nun. Ein Brief, um genau zu sein, mit einem Gewicht, welches ich mir in keinster Weise ausmalen kann.

22. Lieber Martin

Solltest du dies zu Gesicht bekommen, werde ich nicht mehr unter euch sein. Mit hoher Wahrscheinlichkeit, natürlich kann ich auch falschliegen, jedoch solltest du vielleicht nicht allzu viele Gedanken darein investieren. Warum also das Ganze, könntest du dich jetzt fragen. Wieso all diese Mühe, für etwas, was doch eigentlich wirklich nicht nötig wäre? Du weißt schon, der Mord, der an mir betätigt wurde. Aber immerhin musst du dir keine Gedanken um den Mörder machen, denn der Schuldige bin ja ich. Vielleicht erscheint es für dich etwas weniger komisch, wenn ich es so formuliere und wir uns nicht damit beschäftigen müssen, was du mittlerweile gehört hast. Tut mir leid, ich bin jetzt einfach mal davon ausgegangen, dass du weißt, dass ich tot bin. Falls nicht, ich wurde ermordet. Nicht wirklich, aber ich bin jedenfalls nicht mehr lebendig.

Na ja, soviel dazu, nur um es sicherheitshalber klarzustellen. Bleiben wir also dabei, dass es dir schon bewusst war, dass ich nicht mehr da bin. Es macht einiges wohl wesentlich einfacher, wenn wir es so belassen, nicht? Du bist hier, ich bin da. Wenn auch nicht wirklich, jetzt ist es halt so.

Was kannst du dir also nun erhoffen? Rechtfertigung? Trauer? Selbstmitleid? Oder vielleicht ein Mix aus allem, schließlich ist das hier ein Abschiedsbrief. Nein Martin, ich will dies nicht weiter hinauszögern, drum fasse ich mich kurz:

Ich bin krank.

Nein, ich war krank.

Demenz, um ehrlich zu sein. Demenz, weißt du? Diese Scheiße, wo du anfängst alles zu vergessen, was dir lieb und heilig ist? Alzheimer eben, aber wer kennt es nicht?

Ist es also eine Rechtfertigung dafür, was ich jetzt getan habe? Vermutlich nicht, das kann ich nicht leugnen. Doch glaube mir, wenn ich sage, dass es jeden Tag eine größere Hürde wurde. Es beginnt bei den kleinen Dingen, weißt du?

Du weißt nicht, wo du hin willst.

Du kannst dich nicht genau daran erinnern, was in den letzten Stunden geschehen ist.

Und du vergisst deinen Namen, ständig und ständig.

Da war es komischerweise einfacher, sich etwas prägnanteres auszudenken. Etwas, was immer im Gedächtnis bleibt, auch wenn der eigene Name ja eigentlich ausreichen sollte.

Das waren jetzt nur Beispiele, wie gesagt, es machte sich jeden Tag mehr und mehr bemerkbar. Dabei dachte ich, so was beginnt erst ab 70 und nicht mit Mitte fünfzig! Aber was soll ich sagen, ich wollte nicht, dass es noch schlimmer wurde. Nein, um genau zu sein Martin, hatte ich Angst davor. Mehr als vor allem anderen, was mir in meinem Leben schon widerfahren ist.

Ich hatte Angst Martin. Angst, die jedes Mal aufs Neue in mir hochschoss, wenn mir Sachen einfielen, die eigentlich vergessen waren.

Meine Lieblingsmusik zum Beispiel, wie oft ich mich daran erinnern musste. Oder, dass ich doch schon seit Jahren mit dem Rauchen aufhören wollte. Da helfen nur noch drastische Mittel, um es nicht zu vergessen.

Natürlich habe ich versucht alles zu notieren, was mir in den Sinn kam, doch die Angst, sie blieb. Die Furcht, eines Tages aufzuwachen und nicht mehr zu wissen, wer ich eigentlich bin. Was mich ausmachte, in meinem vorherigen Leben.

Dass die Leute selbst vergessen, wer ich letztlich war, sich nur noch an den Typen erinnern können, der sich selbst vergessen hat. Die Furcht Martin, sie blieb. Tag für Tag und es wurde nur noch schlimmer, schlimmer als die Krankheit selbst.

Also, ich verlange nicht von dir, dass du all das verstehst, was ich dir hier schreibe, wie könnte ich auch? Es war mir einfach so unendlich wichtig, dass ich nicht in Vergessenheit gerate, solange ich lebe. Damit ich wenigstens meinen Mitmenschen ein Lächeln ins Gesicht zaubern kann. Oder wenigstens irgendwas, du weißt ja, wie ich es meine. Nein, wie ich es meinte.

Warum habe ich es also nicht dir erzählt Martin? Schließlich warst du mir doch wichtig.

Nun, es stimmt, ich bin dankbar dafür, die etlichen Abende mit dir ausklingen zu durften, doch es gilt das Gleiche für dich, wie für die anderen. Meine Krankheit, meine Angst, sie sollte nicht zwischen uns stehen. Nicht in der Luft liegen und dich beschäftigen, das wollte ich einfach nicht. Und wer weiß, hätte ich dir das mit dem Mord erzählt, hättest du es mir noch ausreden wollen, was ein guter Freund halt tun würde, doch was soll ich dazu noch sagen? Die Angst, sie siegt. Du weißt schon, eines Tages aufzuwachen und dich zu vergessen, nicht mal den Weg ins „Glück Auf" finden zu können. Aber gut, ich wiederhole mich nur. Im Endeffekt war es feige von mir, das kann ich nicht leugnen, aber dafür will und kann ich mich nicht schämen. Nicht, wenn es so oder so keine Rolle mehr spielen würde.

Und trotzdem. Es tut mir leid, dass es dazu kommen musste.

Jetzt bin ich also weg, es tut mir weh in meinem Herzen. Zu wissen, nie wieder diese Kneipe besuchen zu können. Nie wieder den Leuten ein Lächeln ins Gesicht zu zaubern. Oder etwas anderes, du weißt ja, wie es gemeint ist.

Auch wenn es heißt, jetzt Abschied zu nehmen, will ich, dass dir eine Sache bewusst ist: Ich hatte sie in meinen Händen. Meine Träume, weißt du? Meine Träume, die mich begleiteten, welche sich in meinem Leben ergaben. Ich will es nicht weiter ausführen, schließlich wollte ich mich doch kurzfassen, trotzdem sei dir bewusst Martin, dass ich ein gutes Leben hatte. Mein Leben war gut, weil ich es Sinn verliehen habe. Träume, die mich zu dem machten, der ich war. Denn das sollte das Ziel aller Menschen sein, die das Privileg besitzen zu leben. Die bestmögliche Version aus sich herauszuholen, die irgendwo dort schlummert. Und jetzt, wo es endlich so weit ist, kann ich es mit Stolz behaupten: Ich habe es geschafft. Na ja, fast. Ein Traum, der bleibt noch übrig und dieser ist direkt an dich gewidmet Martin.

Sei die Mauer, die du einreißen musst. Vergiss all das, was dich belastet und fange an zu leben. Natürlich, es ist leichter gesagt als getan. Eben einfach schwer, wenn man es sich auf der Zunge zergeht. Doch sage mir Martin, hast du wirklich vor, die restlichen Jahre so zu verbringen? Würdest du dir nicht wünschen, etwas zu ändern? Wie gesagt, es ist schwer daran zu denken, wenn man es nicht gewohnt ist, doch wäre dies mein letzter Traum, den ich dir überreiche. Selbst wenn es heißt, sich auf das Ungewisse einzulassen. Nimm es in die Hand, denn nur du, du und du bist derjenige, der etwas an sich ändern kann. Finde dich selbst und übertrage es auf andere, die, die es verdient haben. Ich kenne da welche, denen es nicht schaden könnte. Doch diesen Weg musst du alleine bestreiten, auch wenn es mir im Herzen schmerzt. Nimm es in Kauf, das Risiko einzugehen. Es wird sich lohnen, vertraue mir. Aber wie gesagt, so was kann nicht von heute auf morgen passieren, wichtig ist einfach nur, dass der Ansatz da ist, sich weiterzuentwickeln. Eben das zu tun, wofür wir nun mal da sind. Und egal wie dein Leben jetzt verlaufen wird, welche Wege du beschreiten wirst, bitte merke dir diese eine Sache: Du bleibst mein bester Freund.

Dein Gott.

PS: Ich habe übrigens Alzheimer, falls du das noch nicht wusstest, wusstest du das? (kleiner Scherz am Rande)

23. Die Nacht verging im Flug

Zumindest kann ich mich kaum an etwas erinnern, was dazu beigetragen hätte, diese im Gedächtnis zu behalten. Ein Fiebertraum, welcher so schnell zu Ende ging, wie er begonnen hat, mit keinem anderen Ziel, als mich in meiner Unfähigkeit verharren zu lassen. Augen sind geöffnet, die Decke starrt mich an. Habe ich es mir nur eingebildet? Waren diese Worte real, die sich auf besagtem Blättlein abspielten oder täuschten mich meine Sinne? Ist es lediglich ein perfider Witz? Ein letzter Scherz, aus den Ärmeln geschüttelt, um mich einfach zu verwirren? Gleichen seine Worte wirklich einer Begründung? Ich stehe auf. Und setze mich hin. Schaue nach links, dann noch rechts. Blicke nach unten und betrachte meinen Bauch. Was würdest du mir nun raten? Die Antwort bleibt aus.

Es gleicht einem Schock, der Schädel so leer. Ungeachtet in einen Körper treten, obwohl er schon lange da am Boden liegt. Es kann ja nicht schaden. Vor allem, wenn man sich den Konsequenzen nicht bewusst ist. Sie verdrängt wie ein trotziges Kind. Mein Blick wandert hoch, die Decke bleibt stumm. Dann erhebe ich mich und lasse mich nieder.

Ein weiterer Ruck, es ist nun vollbracht. Wandere ins Bad und sehe mich an. Was würdest du mir sagen? Meint er es ernst? Oder entspricht es dem gängigen Getue, was dieser Irre so oder so von sich gegeben hätte, wenn ihn das Zeitliche gesegnet hätte? Nein, es war anders, anders als sonst. Anders als das normale Gerede, was aus seinem Schädel kam. Als wäre er das erste Mal ehrlich mit mir, doch ich kann es ihm nicht glauben. Das soll es also sein? Eine Rechtfertigung, für sein irrationales Gehabe, nur um auf irrationalem Wege sich zu verabschieden? Mal wieder werde ich aus seinen Worten nicht schlau, obwohl sie doch so klar und deutlich waren. Deutlicher als sonst, das kann ich nicht leugnen. Klarer, als er es jemals von sich gegeben hätte. Und dennoch, es gleicht einem Schwindel. Einer torkelnden Ausrede, sich dem zu entziehen, was jedem im Wege steht.

Doch habe ich es nicht schon lange aufgegeben, nach einem Nutzen in seinen Wörtern zu suchen? Lag die Bedeutung nicht zwischen den Zeilen? Munter und belustigt, schwelgend im Delirium, nur um mit einem Bein in der Wirklichkeit zu stehen? Es wirkt fremd. Als wäre es nicht von ihm.

Fremd. Als wäre Gott nun mal der Fremde, der er nun mal war. Der unbekannte Schwätzer, der tagein, tagaus sein Unwesen trieb, ohne sich auch nur einen Hauch um das Wohlergehen seiner Mitmenschen zu kümmern. Und jetzt, jetzt fallen diese Worte aus heiterem Himmel. Fallen auf meinen Schoß, als wäre es gang und gäbe. Als gäbe es nichts auf der Welt, was normaler wäre. Ich bleibe ernüchtert, ja etwas befremdlich, doch womöglich ist dies der Tatsache zu verdanken, dass ich nicht weiß, was ich denken soll. Was sich in mir regen soll, um das zu erreichen, was womöglich Antwort liefern könnte. Vielleicht muss ich es einfach noch verdauen, es ist ja noch frisch. Wie könnt ich also erwarten, direkt eine Antwort zu haben, wenn Wunden noch am Eitern sind? Wenn Zähne vor sich hinmahlen und Sinne ihre Pflicht verweigern? Ergibt es überhaupt Sinn? Lasse ich mich nun auf sein Niveau herunter? Könnte ich es so vielleicht noch nachvollziehen? Ich starre mich an, erwidere den Blick. Warte auf Antwort, doch die Kehle ist am Schweigen. Dann mach ich mich fertig, die Beerdigung ist ja heute.

24. Frau Peters war schon da

Beziehungsweise bin ich einfach zu früh. Das sagte sie auch grade, doch meine Antwort bleibt bei einem halbherzigen Lächeln.

„Alles in Ordnung?"

Leichtes Nicken: „Ich bekam gestern eine eigenartige Nachricht."

„Sieht man Ihnen an", Frau Peters beginnt zu lachen. Realisiert, dass es vielleicht unangebracht sein könnte und setzt nun eine ernste Miene auf: „Verzeihen Sie mir, das wollte ich nicht."

Ich winke es ab und schaue mich um.

„Wo ist der Sarg?"

„Urne", ergänzt sie mich, „ist praktischer. Und vor allem günstig."

Erneut, mein Kopf ist in Bewegung: „Und Sie machen das heute allein?"

Grinsen, als könnt sie es nicht verkneifen: „Es bedarf keiner großen Arbeit. Alles ist im Kofferraum."

Nicken. Dann schwiegen wir, es gab nicht viel zu sagen an solch einem Tag. Minuten verstrichen, ich ging ein wenig umher. Schaute auf in Richtung der protzigen Gräber und malte mir aus, wie Gott es fände unter solch einem Stein zu liegen. Offensichtlich wollte er es nicht, sonst hätte er sich wohl im Vorhinein drum gekümmert. Das Grab meiner Eltern ist nicht zu sehen, es müsste auf der anderen Seite des Friedhofs liegen. Wie lange ich nicht mehr dort war, es überrascht mich ein wenig. Aber nun gut, Reiner war der Erste, der eintrudelte, gefolgt von Falte und Roy. Natürlich begrüßten wir uns, es gehört sich ja so. Der Moment des Leichtsinns schien beinah vergessen. Erleichternd, wie ich finde. Sie erzählten von gestern, es war nicht viel los. Erzählten von der Arbeit, das erste Mal, dass ich hörte, dass Falte und Roy überhaupt berufstätig sind. Stuckateure, um genau zu sein, die Überraschung ist groß. Allgemein ist eine wesentlich andere Stimmung vorhanden, wie ich es gewohnt bin, zumindest haben sie noch nie über ihren Alltag erzählt. Beziehungsweise habe ich auch nie nachgefragt, wie mir einfällt.

Juri und die Saschas kamen zu dritt. Angetrunken, wie ihre Fahne verrät, aber es können natürlich auch die Spuren des gestrigen Abends sein. Auch diese wirken deutlich aktiver, als ich es von bekannter Kneipe gewöhnt bin. Reden mit Rainer übers Boxen (was mir bisher auch noch nie zu Ohren kam) und albern sogar rum. Alles bleibt so surreal. Frau Peters hingegen steht etwas abseits und beobachtet die Truppe, die sich hier nun angesammelt hat. Späht gelegentlich zu mir rüber, als müsste sie diese Konstellation an Menschen mit mir erst in Verbindung bringen. Dann klatscht sie in die Hände und meldet sich zu Wort: „Sind wir nun vollzählig?"

Wir schauen uns an. Ein zustimmendes Raunen war in der Runde zu vernehmen. Erneut macht sich ein Grinsen breit: „Na dann mal los."

Es gab wirklich nicht viel, was man tragen könnte. Falte nahm die Schaufel, Rainer einen Eimer. Frau Peters trug die Platte und in meinen Händen war die Urne. Leicht ist sie, zu leicht, als dass da wirklich eine Person drin sein könnte. Wie ironisch, nicht? Nun betreten wir die Wiese, sie ist noch nass vom gestrigen Regen. Schmatzend sind die Schritte, so als wollen sie uns Mitleid schenken, doch das ist natürlich Schwachsinn. Kurz bevor wir vermeidliche Stelle erreicht haben, ist Faltes krächzende Stimme zu hören: „Na sieh an, wer sich doch hier hin verirrt hat."

Köpfe drehen sich um und Euster ist zu sehen. Schlicht gekleidet, doch schicker als sonst. Er meldet sich zu Wort: „Ich schätze mal, ich bin noch nicht zu spät, oder?"

25. Sie wirken so fremd

Als bekäme ich sie das erste Mal zu Gesicht. Stehen in Reih und Glied, halbwegs adrett, mit einer Miene, die keineswegs den Gesichtern aus dem „Glück Auf" zu gleichen scheint. Ob es am Tageslicht liegt? Schließlich kam jeder bisher nur in dämmriger Atmosphäre zur Geltung. Versteckt hinter Nebelschwaden mit Blicken, die lediglich für das Bier zu funkeln schienen. Doch wirken sie jetzt lebhafter, das muss ich denen lassen. Nehmen die Mühe auf sich, diesem Bastard die letzte Ehre zu erweisen, als würde ihnen irgendwas an ihm liegen. Und dennoch, es lässt sich nicht abstreiten, sind sämtlich männliche Gesichter steif. Gezeichnet durchs Leben, geformt und geschnitzt, als hätte es sich nun mal so etabliert, dass der Rücken schmerzt und Endorphine versiegen. Sie wirken vertilgt, all diese Regungen. All das Empfinden, was über Jahre hinweg verkümmerte. All dieser Frohsinn, der für stumpfe Befriedigung ausgetauscht wurde, um Tag für Tag die Machenschaften des Alltags zu bewältigen. Stunde um Stunde, sie sickern alle hinweg. Fließen in die Erde, bis sie durchtränkt und träge wird, nur um letztlich in Form von schmatzenden Lauten ihren Teil dazu beizutragen, da zu sein. Einfach zu existieren, doch niemals zu leben. Es wurde verlernt. Von klein auf so beigebracht, damit jeglicher Fokus dem Durchschreiten gewidmet ist, welches sich wohl

Leben nennt. Doch kann ich wirklich darüber urteilen? Ist mir die Lage überhaupt wirklich bewusst? Schließlich sind wir doch alle gleich, oder nicht? Schließlich existiert kein beachtliches Argument in meinem Leben, welches dafür sprechen würde, dass mein Dasein auf irgendeiner Weise anders wäre.

„Irgendwelche letzten Worte?"

Frau Peters schaut uns an, die Runde bleibt stumm. Was könnte bitte gesagt werden, was wäre jetzt nun angebracht? Zustimmung? Respekt? Abschied nehmen? Die Stille bleibt da, schwirrt beinah umher. Entlang an unseren Köpfen, von einem Ohr zum anderen. Flüstert uns zu, wie bedauerlich es doch ist. Nein, wie unfair sein Handeln letztlich war. Meint er es wirklich ernst? Ist das der Weg, den er für richtig hält? Uns einfach nur im Stich zu lassen?

Sag, was wird jetzt aus uns? Mit all diesen steifen Gesichtern? Mit all dieser Mühe, die vorhanden war, diesen Weg zu durchschreiten, welches sich als Leben rühmt? Sind wir am Ende uns selbst überlassen? Ist es... ist es wirklich nur ein Spiel für dich? Die Antwort lautet: Wut.

„Wie konntest du uns das antun?"

Unbändige Wut. Paarend mit Trauer. Nur um daraus letztendlich Verzweiflung zu zeugen. Einfach nur, weil ein Fremder sich die Kugel gab.

„WIE KONNTEST DU UNS DAS ANTUN!?"

Und nun steigt sie nach oben...

„WIESO HAST DU ES GETAN? WIESO HAST DU NICHT MIT UNS DARÜBER GEREDET?!"

... Immer höher und höher, bis ihre Ranken die Wolken durchbrechen...

„WIESO... WIESO HAST DU NICHT MIT MIR DARÜBER GEREDET?!"

... und das unendliche Blau erreichen...

„SCHEIßE VERDAMMT, WAS ZUR HÖLLE WAREN WIR FÜR DICH?!"

... Die Spitzen blühen auf...

„DU NENNST DICH EINEN FREUND?"

... tragen nun Früchte...

„BESITZT DU WIRKLICH DIESE FRECHHEIT, DIESE WORTE IN DEN MUND ZU NEHMEN? NACHDEM, WAS DU UNS ANGETAN HAST?!"

... Was sind sie so schmackhaft, so lecker und köstlich...

„NACHDEM, WAS DU MIR ANGETAN HAST?!"

... Verrotten im All und fallen vom Himmel...

„WIESO?! WIESO HAST DU MIR DAS ANGETAN?! WIESO AUF DIESE WEISE?! IST ES WIRKLICH DEINE ANTWORT, MIT DER DU AUS DEM LEBEN SCHEIDEN WILLST?!"

... durchbrechen die Wolken, sie gleichen einem Schauer. Und jetzt ist er zu spüren, ja all dieser Regen...

„WARUM TUST DU MIR DAS AN!? WARUM?!"

... All diese Tränen, die durch mein Gesicht laufen...

„WAS MEINST DU MIT DEINEN WORTEN?! MIT DIESEM GANZEN GEHABE?!"

... All diese Regungen, was waren sie vergessen...

„WAS HABE ICH DIR GETAN, DAS ZU VERDIENEN?!"

... Was sind sie so fremd...

„DU NENNST MICH DEINEN BESTEN FREUND?!"

... So ungewohnt, ja so mühsam wiederzuerkennen...

„DEINEN BESTEN VERDAMMTEN FREUND?! UND DANN TUST DU MIR SO ETWAS..."

Die Wut verstummt, spürt die Hand auf seiner Schulter. Schaut nach rechts und blickt zu Euster, dessen Gesicht so anders aussieht. Ist es Bedauern? Empathie? Meine Augen wandern umher. All diese Züge, neu verformt und geschnitzt. So mitfühlend und rücksichtsvoll, sie wirken wie Fremde. Und während Verwunderung immer mehr schwindet, ist es Trauer, die Oberhand gewinnt.

Tränen fließen, mein Schluchzen ist laut.

26. Schnell ging es vonstatten

Nachdem ich mich beruhigte. Loch verschlossen, Platte gerichtet, dann stehen wir da. Schauen nach oben, manchmal nach rechts. Gelegentlich nach unten und zudem auch nach links. Stille. Sie schwindet dahin, vorhandenes Verständnis. Kriecht zurück in ihre Löcher und macht Platz für das Gegenwärtige, für die gängigen Gemüter, die die Welt nun mal hervorbrachte. Platte fixiert, das Loch bleibt verschlossen. Himmel bedeckt und Gott ist nun tot. Zumindest liegt er jetzt unter der Erde. Ich wische mir die letzten Tränen aus dem Gesicht und entschuldige mich bei den anderen für mein Verhalten am Donnerstag. Sie winken es ab, es ist schon vergessen.

„Und jetzt Glück Auf", kommt einer der Saschas zu Wort. Es spricht nichts dagegen, doch ich bleibe noch stehen: „Gebt mir eine Minute, ich werde schon nachkommen."

Das Gefolge bewegt sich, ich sehe ihnen nach. Dreh mich dann wieder um und bemerke, dass Frau Peters noch bei mir steht. Ich beginne zu lächeln, sie erwidert dies: „Es scheint wohl mehr als nur ein Bekannter zu sein, nicht?"

„Ich befürchte ja."

Sie beginnt zu nicken: „Und was hat Ihnen gestern nun so sehr den Tag versüßt?"

Kurze Pause, bis ich dann antworte: „Ein Abschiedsbrief. Sogar mit Begründung."

Sie hält kurz inne: „Ich schätze, es hat in Ihnen wohl nur noch mehr was ausgelöst."

„Es hat mir zu denken gegeben."

„Hat es Ihnen denn weitergeholfen?"

„Er hat sich auf jeden Fall klarer gefasst als sonst."

Lachen: „Muss wohl ein interessanter Geselle gewesen sein."

„So in der Art, ja."

Dann schwiegen wir erneut, bis sich genügend Wörter auf meiner Zunge gesammelt haben: „Wissen Sie, ich kannte ihn nicht lange, es muss jetzt ungefähr ein Jahr sein. Und auch wenn ich nicht mal seinen Namen weiß... Hat er einen besonderen Platz in meinem Herzen."

„Das glaube ich Ihnen. Darf ich fragen, was er in seinem Brief geschrieben hat?"

„Er war krank, meinte er."

„Todkrank?"

„Krank genug, um nicht weiterleben zu wollen."

„Ich verstehe."

„Davon abgesehen… Er gab mir einen Rat. Einen Rat, das Leben zu leben."

„Tun Sie das nicht?"

Ich schaue nach oben.

„Ich befürchte, es ist schon etwas länger her, dass ich das wirklich tat. Um genau zu sein, kann ich mich daran grade nicht mal mehr richtig erinnern."

„Haben Sie denn eine Ahnung, wie es für Sie weitergehen wird?"

„Ich werde mir seine Worte zu Herzen nehmen. Aber wenn ich ehrlich bin, weiß ich nicht, wie ich es anstellen werde."

„Mancher Dinge bedarf es nun mal Zeit."

„Das meinte er auch."

Erneut ist sie zu hören, die Stille dort am Grab. Gefolgt von warmen Worten: „Nun, sollten Sie dabei Hilfe brauchen, Sie wissen, wo Sie mich finden können."

„Das weiß ich sehr zu schätzen, danke."

Sie macht nun kehrt, doch dreht sich direkt wieder um: „Ach, eine Sache wäre da noch."

Ein Ausweis wird gezückt, zerkratzt und kaum lesbar. Streckt ihre Hand aus, ich nehme es an. Sehe sein Gesicht und fühle für einen kurzen Moment Erleichterung, dass er es wirklich ist. Mein Daumen verdeckt seinen Namen. Dann beginnt sie zu grinsen, als wäre keine Aufklärung notwendig und fährt fort:

„Ich denke, Sie können damit bestimmt was anfangen. Ein kleines Andenken, an diesen schrägen Vogel."

„Ich danke Ihnen."

Wir umarmten uns zum Abschied, dann stand ich hier alleine. Schaute Richtung Grab und versuchte zwischen all diesen Zeilen zu lesen, die sich aus besagten Umständen ergaben. Dann ging ich fort, es fing wieder an zu regnen.

27. Nun sitzen wir da

In alter Frische. Stoßen ein letztes Mal auf diesen Typen an der sich Gott zu nennen pflegte und begeben uns wieder auf altbekannte Plätze des besagten Lokals, wo nichts allzu Sonderbares zu passieren scheint. Euster schenkt das Bier aus, Rainer ist am Rauchen. Automaten schlucken Geld und Falte schaut dem zu. Roy tut dem gleich und Sigmund, der grade dazu kam, legt jetzt nun ein Ei. Sascha spielt mit Sascha, Juri ruft nach Euster, der übrigens ein Moslem ist. Es ist noch recht früh, zu früh, um um dieser Uhrzeit schon im „Glück Auf" zu sein. Zu früh, um den Rest des Tages in diesen Räumlichkeiten auszuharren, doch heute scheint es gleich. Was macht das schon, wenn es niemanden kümmert? Wer würde was sagen, wer käme infrage? Die Antwort lautet „Freispiele, Hurra", zumindest hat der Automat am schnellsten drauf geantwortet. Ich trinke mein Bier, schwenke es umher. Es wie Honig wachsen lassen, so sagte man zu pflegen. Es pur aus einem Glas zu trinken, warum auch immer man dies tun sollte. Was wäre es so zäh, so süß für unsere Gaumen. Und dennoch wäre es wohl machbar. Möglich, wenn man den Willen dafür mit sich träge, solch einem Unsinn nachzugehen. Doch sollte man es wagen? Was hätte man davon? Die Antwort wäre offensichtlich, doch was würde es denn bringen? Wäre man dann schlauer? Wüsste man es besser? Oder bleibt der Magen einfach flau und dreht sich dann im Kreise? Ich denke drüber nach, warum denn auch nicht? Wer hält mich davon ab, wem sollte das schon kümmern? Und selbst wenn, was soll mich das schon scheren, es spielt ja keine Rolle. Von keiner großen Bedeutung.

Ein letzter Schluck, das Glas ist jetzt leer. Dann schau ich Richtung Jukebox, sie ist ja noch am Arsch, wende mich dann ab und blicke Richtung Theke.

„Euster mach mir bitte noch ei…"

Die Stimme verstummt, sie wurde unterbrochen. „Aha, aha, aha", war zu hören, gefolgt von einem Schlagzeug. Dann diese eigenartige Melodie…

„Ist das…", Rainer schaut zur Jukebox, die Kippe fällt zu Boden. Passiert das grade wirklich, ist das hier real?

„Was zur Hölle…", gibt Euster jetzt nun von sich, in einer Tonlage, die noch nie von ihm zu hören war.

Sie ist da am Singen so unberührt und sorgenlos. Sorgenlos am Singen, als hätte sie vergessen, dass sie eigentlich doch am Arsch sein müsste. Das Schild liegt am Boden. Aus den Lautsprechern läuft „Da Da Da" von Trio. Stephan Remmler ist am Sprechen:

„Was ist los mit dir, mein Schatz? Aha."

Sie war am Singen, besagte Jukebox im besagten Lokal.

„Geht es immer nur bergab? Aha."

Singend und lebendig, als wäre es vergessen, dass sie nicht mehr funktionierte. Ihr war wohl nicht mehr danach.

„Geht nur das, was du verstehst? Aha."

Habe ich schon ein Bier zu viel?

„Is this what you got to know?"

20 Bier zu viel?

„Love you though it didn´t show."

Ich bleibe erstarrt.

„Ich lieb dich nicht, du liebst mich nicht."

Vollkommen gelähmt.

„Ich lieb dich nicht, du liebst mich nicht."

Bis mir bewusst wird.

„Ich lieb dich nicht, du liebst mich nicht."

Was ich da bemerke.

„Ich lieb dich nicht, du liebst mich nicht."

Was ich da sehe.

„Da, Da, Da."

Sie schauen nach unten.

„Da, Da, Da."

Doch können es nicht verbergen.

„Da, Da, Da."

Betrachten ihre Tränen, wie sie langsam nun zu Boden fallen. Unterdrücken ihre Schluchzer, das Erstaunen ist groß. Die Männer sind am Weinen, weinend zu der Welle. Hände vor Augen, vor Nase, sowie Mund, was sind sie so verletzt. Euster hinterm Tresen, Rainer steht davor. Die Russen an der Ecke plus Falte und Roy vorm Automaten. Sigmund nicht, er legt ja noch ein Ei. Doch lässt sich vorhandenes Szenario kaum in Worte widerspiegeln, alles andere scheint vergessen. Trio ist am Spielen, wer hätte dies gewollt, ja irgendwie beabsichtigt? Gedämpft läuft es im Hintergrund, passend zum Gemüt der klagenden Seelen. Sie sitzen da und weinen, so ungeschickt und plump, als wären sie verfremdet. Sitzen da und weinen, ja finden sich nicht zurecht. Und während sie da sitzen und weinen und ich besagte Gegebenheit so langsam begreife, was ist es, was mich da packt? Dieses missachtete Gefühl, welches dort in Einsamkeit verweilte. So verachtet, so vergessen und dennoch so vertraut, als wäre es gestern gewesen, diese Regung zu empfinden. Und nun kommt sie zur Geltung, die Lippen sind gezückt. Greifen nach ihr, was war es so verlernt, immer breiter und breiter, bis aus vorhandenem Lächeln ein Lachen wird. Die Trauer ist da, ich krieg mich nicht ein. Lachend zum Trübsal, krampfhaft und laut. Falle vom Stuhl und liege auf dem Rücken. Lache zur Musik, immer lauter und lauter, als wäre es das Normalste auf der Welt.